擁抱

梁永佳◎文
林俐◎圖

推薦序

在人生路口停聽看

東海大學中文系副教授　許建崑

一九七六年美國青少年文學作家茱蒂布倫出版了《神啊！祢在嗎？》、《永遠》等幾部涉及少女愛情與婚前性行為的作品，被當局查禁；到了一九九六年美國圖書館協會卻頒贈她「愛德華終身成就獎」，二〇〇四年美國國家圖書基金會再頒「傑出貢獻獎章」，以表彰她對青少年朋友的關注。到底發生了什麼事？作品被禁止發行到獎勵她對社會的貢獻，只有短短二十年，美國的社會風氣有了一百八十度轉變。

在台灣呢？什麼時候開始，我們對於少年男女的身體、愛情與性行為，也有了截然不同的看法？當荷爾蒙分泌，身體漸漸變化，青少年朋友最在意的話題無非是性特徵、交異性朋友，以及朦朧的愛的衝動。我們可以透過什麼方式來青少年朋友談話？用小說敘事的方法，會不會讓青少年朋友樂於接受？

梁永佳撰寫《擁抱》，假借婦人徐雅曼在好友蘇可欣的陪伴下，參加兒子徐志偉大學畢業典禮，娓娓說出了自己在高二時未婚生下志偉的往事。事實上，所謂「桑間濮上」之戀，任何時代都會發生，所有的道德、律法都無法禁止這種原始的衝動。十七歲的少女對於學長陳立傑給予的「生日禮物」，當作愛的盟誓。等到食欲大增、身體肥胖，還不曉得已經「珠胎暗結」。經由好友蘇可欣的協助，前往婦產科驗孕，也請社工人員王阿姨幫忙，這才說服了雅曼的父母接受事實，化解許多難題。

故事中的男孩陳立傑，是個不肯負責任的紈袴子弟，雅曼只能自己面對問題：選擇墮胎，或者生下嬰兒？生下嬰兒以後，要自己養育，還是送交社福團體代尋收養父母？雅曼是個勇敢的女孩，她請求父母幫忙，留下了自己的骨肉，看著自己的孩子志偉完成大學功課，長大成人。我們可以說，這是出自於作者的善心所致，安排了一個最僥倖、最小風雨的人生旅程。

如果一定要「肇禍」的男孩負責，強行步入禮堂，結成小夫婦，恐怕更糟！試想，雅曼要如何避免男孩報復性的傷害？又如何去爭取男方家中的地位，而得到公公、婆婆的歡心？那才是難事呢！古書不是這樣說嗎？「始亂之，終棄之」。這樁不被祝福的戀曲，肯定要悲慘落幕。

本書通過徐雅曼自述過往，把「未婚生子」的尷尬與煎熬，赤裸裸的表現出來。儘管現代的性觀念開放許多，交友的方式更自由。但如果期許「歲月靜好、現世安穩」的青少年朋友，走在人生的十字路口上，還請「停、聽、看」，才會有幸福理智的選擇。

自序

做自己的主人

梁永佳

在寫這本書的時候，身邊有幾位同事陸續懷孕，當我的書差不多完成，這些孕婦們也陸陸續續回家待產，等到書終於要出時，同事的小孩都已經開始上幼稚園了。

我親眼感受到這些媽媽們的心情，時而開心時而難過，因為大部分都是年輕的準媽媽（不到三十歲有的甚至更早），有時我甚至覺得她們自己就像個小孩。

這些準媽媽們大部分都是幸運的，她們有個真正愛自己的人，她們談戀愛，她們穿著最美麗的禮服完成終身大事，她們的孩子從出生到長大，甚至在她們知道肚子有小生命時，她們就得到了很多特權和喜愛。

但也有一部分的媽媽，日子就沒有這些人富裕，生小孩在她們的心中可能不是那麼重要，可是她們的地位卻比任何人更該得到重視，這些就是年輕的小媽媽們，還有一些並非富裕家庭的人；當電視上的不良價值觀充斥著我們的想法時，名貴的娃娃車，高檔的坐月子中心，這些都開始發生在我們四周，成為一種新的非主流文化。

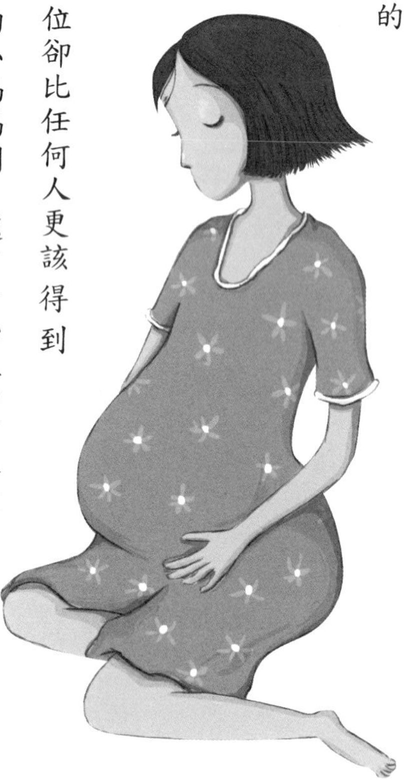

雖然不是每位媽媽都是那樣幸運，她們可能得憑藉自己的努力，就

算預產期已經到了，還是過著她們必須要過的生活，做著她們得做的工作。熬過了十個月，又是新的問題開始，如何教育，如何處理，都是許多父母一生最大的難題，因為畢竟沒有人是天生就當父母的。

我寫這本書的想法很簡單，主要是希望大人們能夠諒解那些未婚懷孕的少女，以及讓她們知道其實她們並不孤單，任何問題都有管道可以解決，並且可以將傷害降到最低；也希望在問題未發生前，能夠三思而後行，而不是讓別人和情感控制你的大腦，勇敢的做自己真正的主人。

擁抱 楔子

「老天！」

徐志偉深吸口氣，不久前才拿到駕照的他，對於開車上路顯得相當小心謹慎，就是怕自己出任何差錯。

徐雅曼坐在後座望著他，身爲母親的她，不難發現自己兒子神經有多麼緊繃。

徐志偉幾乎很少開口，也沒有太多多餘動作，最多也只不過是在等紅綠燈時，逮住機會扭開車內音響。

扭開音響的目的是在放鬆心情，但似乎一點效果也沒有。

徐志偉按著調頻按鈕，不時又將目光移向紅燈，也不知是太緊張，還是眞的沒什麼好節目，就在黃燈亮起的一瞬間，他的手立刻離開了按鈕，緊接著緊張的放回方向盤上。

頻道正好收訊在一段新聞節目上頭，徐志偉皺著眉聽著，完全無法融入其中。有時會從照後鏡向後座瞄去，不論何時，當他將目光移向母親時，母親的眼神也總是和他四目交接。

「放鬆心情好好開車，沒問題的！」彷彿感覺到她這麼對自己說。

徐志偉露出微笑，雖然照後鏡上完全看不見他上揚的嘴角，但徐雅曼知道，她的鼓勵已經很直接的傳達到兒子心裡。

「還有多久會到啊？」徐雅曼一派輕鬆的問。

「還早，」徐志偉回答：「應該還需要一些時間。」

「那沒關係，慢慢開，」她望著自己的手表：「反正還早。」

「恐怕還需要一個多鐘頭，」坐在後座極少開口的蘇可欣說話了：「才到這而已。」她的視線卻不曾離開手中那本厚重的書籍。

那是一本談論教育的長篇書籍，光看封面就知道過於主觀甚至枯燥無味，卻依然能夠吸引蘇可欣的目光。

徐雅曼笑了笑：「沒關係，這趟路即使再遠也值得。」她從照後鏡看著徐志偉。

徐志偉聽到綻開了笑容，他並沒有追問的意思，他十分了解母親說這句話的意義。他繼續開著車，在下一個紅綠燈前等候。

原本打算轉換其他廣播頻道時，一個年輕的孕婦挺著肚子走過他們眼前，她穿著深咖啡色的孕婦裝。

瞬間這位年輕小媽媽，馬上吸引了大家的目光。

不知道是不習慣大腹便便，還是過馬路時有著心理壓力，她走得極爲緩慢且滿頭大汗；頂著大肚子，炙熱的太陽在她頭上照著，滿臉油光、汗流浹背，看來就像顆在滴水的大皮球。

「需要幫忙嗎？」徐志偉見狀，連忙搖下車窗問。

徐雅曼對他突如其來的貼心舉止感到十分驚訝。

她和蘇可欣相視，兩人露出了欣慰的微笑。

「不用了。」那名孕婦謝絕了他的好意，她笑著說：「我沒問題。」

她的丈夫去了哪裡呢？徐雅曼想著：爲什麼讓她這麼大著一個肚子孕婦在這過馬路？

她替這陌生的女孩感到心疼，她了解，這般心疼是「感同深受」。

「她，」徐雅曼望著那少婦的背影：「她眞是一個相當年輕的小媽媽。」

「是呀，」蘇可欣回答：「就和你一樣。」這句話沒有任何惡意。

「也許她比當年的我，還要年輕。」徐雅曼搖搖頭道：「現在每想起就很難想像自己當初是怎麼熬過來的。」

「看來，」蘇可欣闔上了書：「剛才那位孕婦喚起了你媽不少回憶囉？」她對徐雅曼眨了眨眼。

徐志偉關掉收音機望向他的母親：「你要不要就趁這個時候說說當時的故事？」

徐雅曼笑開嘴，她挑著眉回憶道：「好吧，這一下子我也終於找到事做了。」剛才她一個人不知發了多久的呆。

她將身子坐直，望向他們：「我想這對許多女孩來說，都是一件不可思議的事，」她想了想：「我就從高二那年生日隔天，我和向萱、惠廷談論我的生日禮物說起好了。」

徐雅曼

1

高二對許多人來說是一個人生的轉折點，有許多人在這個階段，改變了自己的一生，好的大學，好的生涯規畫。或者，什麼也沒有，沒有計畫，沒有想法只是尊重父母的意見。

講到畢業要做什麼事？要不要考大學？我眞的對於這些事一點興趣也沒有。我只想當個化妝祕書，至於原因我之後在慢慢跟你說，總之呢！我是想把自己弄得漂漂亮亮的，所以才想到這個行業。

要知道這年頭靠自己興趣工作的人少之又少，我才不想當那種可悲的可憐蟲。

反正我也只不過才高二，是的，任何一個高二生沒想過自己的人生會有什麼改變。

就像我昨天過了十七歲生日，我所在乎的是有多少朋友來參加我的聚會，我的蛋糕是否夠吃（**不夠吃就糗大了，當然如果剩下太多蛋糕，也絕對不會是一件好事。**）或者他們送我的禮物是否讓我做足了面子。

我的身材穿上那件性感低胸小可愛是否會露出蝴蝶袖，我的胸部夠不夠大、魔術胸罩的效用到底在哪？穿上熱褲的我，腿是不是真的很粗。

這就是我現在真正在意的事。

還有就是我的男友陳立傑，他對於我的一切，給予我怎樣的鼓勵，我的朋友願不願意聽我多說些什麼。

「所以你們上床了？」向萱忍不住問道。

看來她們都願意聽我說話就是了，向萱的模樣就像每個星期四她必看狗仔八卦雜誌一樣吃驚，就算裡面的角色根本也不認識她，她還是樂在其中。

「是啊。」我盡量壓低聲音，雖然我知道要不了多久，就會開始在每個人口耳中談論著，就算隱瞞一陣子，終究還是會被大家知道。

「說來聽聽。」向萱靠前著身子，我很想跟她說，她的胸部我幾乎看得一覽無遺，但仔細想想，她就是要給別人看，何況我現在只想講我的事，因此我當然沒必要提醒她。

「昨天你們都走了之後，立傑留住我，把我拉進房間裡。」

「哇哇哇！」

「之後的事你們都很清楚了，他說這是我的生日禮物，把第一次送給最愛的人就是我的生日禮物。」

我試著讓這個理由說通，雖然我自己也覺得哪裡不太對勁。

但是管他的呢？就像立傑說：「不是每個人都可以把第一次給最愛的人。」是的！我是何其幸運呢？

「生日禮物？」惠廷看著我。

坦白說，我有點害怕她掃射過來的視線，難以想像她到底對這些事有什麼樣的評價，她的臉上向來沒有太多表情和動作，冰冷到了極點。

「我以爲你會收到更好的。」講話也令人凍結到了極限：「以前他送過我一個普通的包包。」

我只能把這一切幻想著：她是在嫉妒我，就因爲她早就沒有將第一次或任何處女情結看在眼裡了，所以無法得到最好的禮物和待遇。

我知道這樣說有點矛盾，但是立傑和我彼此相愛是不爭的事實。

至少他拋下了惠廷和我在一起，雖然是惠廷先劈腿的，但是他可以選擇原諒她不是嗎？

可是他沒有，他在乎的是關心自己和愛自己的人。

「他說他從沒這麼好過。」我故意說道：「他是指在床上的事。」

向萱又發出讚嘆聲，我總是能夠成功的讓她對我產生崇拜感。

「也許因爲他沒想到你是第一次吧。」惠廷說的如同以往冷酷無情。

我沒作聲，因爲是她把我帶入這個圈子裡的，在這之前我只是一個小小的、平凡不起眼的高中生。

但是現在的我走路有風，了解如何虜獲男人的心、懂得要怎樣裝扮自己，隨時提醒自己要注意身材和節食。

這些全是我和惠廷相處之前我從沒在意和在乎的，以前我總是「吃飯皇帝大」，現在我知道不是這麼一回事，要塞下S號的衣服還有一大段路要走，我現在可是肥胖界的L號呢。

和惠廷在一起後，我了解到這世上是無法容下XL號的，因此我努力減肥，努力改變，一開始她會冷諷我，但久而久之，她看到我的進步，開始會對我微笑、替我化妝。

惠廷所到之處，總是像個電影明星。老天爺！當她穿著泳衣在游泳池邊做伸展運動時，在場所有男性全都往她身上瞧。

我也從她那裡學到某些吸引男孩目光的技巧，你可以撥動頭髮和大笑，但是這一切都要有技巧。

「學長還跟你說了些什麼？」向萱問道。

她就是打破砂鍋問到底的個性讓人覺得很可愛，雖然常常惠廷會和我抱怨她囉嗦又討厭，但老實說，我真的沒這種感覺。

可是我還是得附和她的說詞。

「他說他很需要我，他愛我，他願意保持這樣子下去。」我努力回想著，但其實昨晚除了痛和害羞之外，所有一切我都很拙劣。

羅曼帝克只有電影才有，昨天我們都喝多了，什麼事都讓人不快活，也沒有花邊教主演得那麼高潮迭起。

不過就像我所講的，所有一切不好的只有我自己知道，至於其他部分當然是誇張說給別人聽的。

「走吧，」惠廷突然站起身來：「我想去廁所。」完全不把我說的話聽在耳裡。

我知道她在逃避我的話題，提起她前男友的話題。

「老天啊！」向萱將臉靠向鏡子前：「我的臉長了小紅點。」

我偷偷往她臉上看去，大概是距離有點遠吧？

我根本看不到任何東西。

她拿起化妝包，熟練的拿出遮暇膏將那顆「看不見」的痘痘填滿，然後又塗上一層厚實的粉餅。

她的臉簡直和藝妓沒兩樣。

「該死的生理期！」她邊照鏡子邊咒罵：「老讓我冒一大堆痘子。」

「不明顯啊。」我眞的打從心底這麼覺得：「你皮膚好得要命。」

我一邊吃著洋芋片，一邊看著鏡中的自己，就算離鏡子很遠，卸妝之後的我，還是很明顯有著一兩顆痘痘在臉上。

最近身體好像失調了，冒出一大堆痘子。食欲也變得有點驚人，比起我從前靠蘋果度日，眞的變得好墮落喔！

昨天我吃了一大包洋芋片，今天的我又突然想吃薯條可樂，明天呢？也許我想喀一大份pizza。

不過我還是很努力在克制，可是肚子就像個無底洞，老感覺塞不滿。何況，吃高熱量的東西，我冒痘痘的機率又開始增加，雖然沒有滿臉豆花，不過這樣一兩顆一兩顆的段段續續長，也讓人很煩，更別提可怕的皮膚粗糙了，我得用好幾層厚粉加底液遮蓋它們。

「你可以不要吃了嗎？」惠廷拿著一杯白開水：「你眞該看看自己的樣子！」另一手將我的洋芋片抽走。

頓時，我打從心底有種空虛的恐懼（眞是太可怕了，我竟然變得那麼喜歡「食物」）。

「你變得好肥喔！」她開始上下打量我，令人討厭的目光。

「對啊！」向萱也加入話局：「你看！」指著我的肚子：「你的肥肉又跑出來了。」

「你不是一直在減肥嗎？」

我瞪著惠廷瘦骨如柴的手臂，久久才說：「最近大概是月經要來了，所以，身體比較水腫。」

其實上次月經來是何時，我也沒有特別認眞去記。

我的生理期向來就是不太準確，而且我很懶散，我必須要花更多時間去學化妝和挑衣服，沒有時間去記錄我的生理期。

可以去問問其他女高中生，我看，大概只有留戀圖書館的怪咖女孩才會這麼做吧。

「你最好是能夠快點減下來！」惠廷嚴厲的望著我：「我不想和隻大噸位的豬出門。」

我覺得被她澈底傷了心，說也奇怪，她明明就清楚自己很容易影響別人想法，爲什麼還是說話不願留下半點口德呢？

「你難道想再回去當XL大胖子嗎？」

「不願意。」我低下頭，感覺眼淚又再眼眶打轉。

幸好難過的心情並沒有維持太久，雖然惠廷總像個雷射光一樣毫不留情往我身上掃瞄過來，但是就像大部分女生一樣，當你看見了自己另一半，這一切就不再那麼重要了。

尤其是當你只和男友單獨見面約會（這個世界只有你和他，再也不用擔心約會結束之後，他打算送哪個女生回家。），先是看電影然後親熱，接著就做些立傑拿手的好戲。

他總是吹噓自己有多棒，我是不曉得他有多好啦！不過因爲他是我的第一次，而且我又很愛他，所以我想他永遠是最好的。

我們在立傑床上，兩個人緊緊相擁著對方。

我整顆心停留在今天下午看到的電影劇情上，一個女人發現自己不是現任男友的最愛，因此去找尋新的一片天，認眞努力的工作打拚。

看得我哭得稀里嘩啦的，我不想要有其他事情當作我的重心，因爲立傑就是我的重心。我每時每刻都想著他，很難確定失去他我會怎麼辦？

「你會一直愛我嗎？」我抬起頭問他。

他正摸著我的背，緊緊依偎著我：「當然。」

「那不論發生什麼事，」我不死心又問：「我們可以一起面對，對吧？」

他想了想，但手還是沒停過：「是的。」

我整顆心就像吃了定心丸一樣，本來懸在心頭，完全安定了下來。

「那我和惠廷誰比較漂亮？」

「當然是你。」

我滿意的露出笑容：「即使她是你前女友，你也不會想她？」

「她太惡霸了，而且很大小姐，」他親吻我的額頭：「我喜歡像你這樣沒心機的小女人。」

我大大鬆了口氣，然後整個人又鑽入他的胸懷裡。

「我們可以一直在一起對不對？」

立傑抓了抓頭髮，遲疑了一下又說：「我想應該沒問題吧！」

他可沒說過要和惠廷一直在一起，他就是我的全部了！

我發現我的嘴角無法克制的上揚，心情愉悅；原來幸福眞的就是那麼簡單和容易。只要一直和心愛的人一起，不管有什麼大問題我都不再害怕了。

「你爲什麼還是一直在發胖？」

惠廷瞪著我，她的短裙只蓋得住屁股：「你到底有沒有在減肥啊？」

我也不曉得自己爲什麼越來越會吃，也搞不懂自己爲什麼變得那麼容易胖了。

短短三個月的時間我胖了十公斤，已經穿起XL號了，甚至有點擁擠和難過，我完全不敢和惠廷承認，所以她一直以爲我還在穿L號。

可是L號我已經完全塞不下了。

我本來是很注意吃了哪些東西的，現在變成亂吃東西。

以前是一顆蘋果度日，現在我的卡路里熱量是以千位在計算，從早上開始一直吃，接著中午喀一個便當，下午喝珍珠奶茶和零食，晚餐還不是最後的，消夜才算是一天的結束。

「有啊，」我心虛的說：「就因爲月經要來啦！所以才會比較水腫！」

「你不要一直拿月經當藉口好不好！」她忿怒說道：「明明就是你吃太多了！」

「沒有啊！」我撒謊道：「哪有吃什麼！」

其實我吃得比一頭大象還多。

「你給我聽好！」她直視著我：「一個月之後，我會拿台體重計來學校，到時我要你當著全班的面前量體重。」

「一定要這樣嗎？」我整個人發著抖：「我會減肥啊！」真的！我連聲音也在抖。

她到底在想什麼？我們不是朋友嗎？非得要這樣當眾羞辱我嗎？

「我是爲了你好，你再肥下去會讓人噁心。」

我是有多肥啊？何況我肥不肥是我的事！你到底以爲你是誰啊？你只不過是比一

般人高瘦和會打扮而已，你以爲你是誰啊！

我是很想這樣講啦！

不過最後還是吞嚥了回去：「我知道了。」我總算擠出了這幾個字。

惠廷並沒有對我報以微笑，反倒用更嚴厲的眼神看著我：「只是希望你搞清楚，一個肥胖的人有多麼難看和愚蠢。」

她將手指向正在看書的蘇可欣：「看看她，虎背熊腰的！」

其實蘇可欣一點也不胖，她只是走路彎腰駝背，因爲她老是低頭看書和想事情，還有她不會打理自己，每次都戴副眼鏡和綁馬尾，衣服也從不訂做，對於身邊的男生和朋友，一點也不在意。

我和她曾經是好朋友，可是她眞的有點無聊，而我是渴望被大家關注的，她寧可花多點時間去探討某些電影或書本，而並非自己外表。

我想當化妝祕書，如果說我不和惠廷在一起，根本什麼化妝技巧都學不到，一般人太小看化妝這檔事了。化妝就像魔法一樣，讓個不起眼的女孩變成嫵媚的女人。

蘇可欣拿著一本厚重的書，從我旁邊走過，她閱讀速度飛快，很快就換下一本了。

我們的話題總是很嚴肅，不外乎是人性探討和社會環境汙染問題。

老天！她眞不像一個高中生。

「我知道了。」

我將視線轉移到惠廷的細長的手臂上。

爲什麼老天爺這麼不公平，爲什麼就是有人一出生，就占有絕對優勢？有著富有的家庭、美麗的容顏、霸道的個性（**總比怯弱來的好**）、還有苗條的身材。

偏偏我一樣也沒有。

2

早上：一份不加沙拉醬沙拉。

中午：沒吃（因爲陪向萱換約會的衣服）。

晚上：絕對不能吃。

突然覺得人生變得無趣和惡霸，一整天心情下來都鬱鬱寡歡，我盡量克制自己不吃，但是衣服卻反而沒有變得寬鬆。

在家裡一整天，我量了幾百次體重，可是重量總是沒有如我預期的減下來。

奇怪！我已經吃得那麼少了。

我坐在客廳的沙發上，電視正在播放周杰倫的MV，雖然是首輕快的歌，但是卻激不起我的熱情，只是整個人懶散到了極點。

老媽正在廚房洗碗切菜，嘩啦啦水聲不曾停過，她來回在我面前走著，我只是懶散的「貴妃臥姿」手拿著搖控器，毫無目的轉台。

惠廷及向萱和一夥人去唱歌，原本我也想去，可是惠廷規定我體重沒掉到四十公斤，根本沒資格和大夥在一起。因此，我只好待在家裡，繼續忍受哀餓和無聊。連帶還有一些些（**好吧！其實是很多**）的忿怒，因爲立傑也有去，眞想不到他竟然拋下我和他們出去了。

「要不要吃點菜？」老媽邊擦桌子邊念道：「家裡從來不幫忙打理。」

「我不想。」

「那你今天一整天吃了什麼？」

老媽是個思想傳統的家庭主婦，如果她知道我已經有了「性經驗」，她鐵定會抓狂和發瘋。

「有啊！隨便吃吃。」我翻了個白眼。

「那你就吃一點啊！」

「我不要！」

我老媽和電影上演的媽媽完全不同，她對每件事都要管東管西，包括我裙子太短、上衣太暴露或者化妝……

她爲什麼就不能學惠廷的媽一樣？關於女兒的私生活最好都不要問。

「我煮東西還要求你吃啊！」

我坐直身體，意識到她的「老毛病」又要復發了，趕緊轉身一個箭步就往房間走去。

「你要去哪裡！」

她開始火大，一路尾隨著我走到房間，我坐在書桌前，她就坐在旁邊床上。

「我以爲你今天難得在家是變乖了。」

我沒說話，開始將化妝箱拿出來，整間房間都是她全身燒菜油膩膩的味道，她爲什麼就不能像惠廷的媽一樣？全身散發著好聞的香水味？

「你怎麼會有那麼多化妝品？」

「你怎麼會有錢買？」她開始檢視我的化妝箱：「這些東西都要好幾百元！」

我當然有錢買，只要不吃飯就有錢買了，再加上我的零用錢（眞的是少得可悲），有時惠廷也會把她不適合的東西給我，反正我就收下來，以後總會用到的。

「要你管！」

通常她歇思底里到一個程度，我也會跟著發火！

人的忍耐總是有極限，她到底在搞什麼鬼啊？

明明不了解我在想什麼，還一直干擾我的私生活！

我壓根不想和她提我想當化妝祕書的事，對她來說，只希望我念大學，像爸爸一樣考高普考，或者到一間穩定的公司上班。

我不是說這樣不好，但是我總是有我自己的人生要過吧？

接下來老媽的叨叨念，我充耳不聞。

我隨手拿起一瓶香水（惠廷總嫌這罐是老人才會用）往自己身上一噴，然後深深一聞，沒想到我竟然反胃起來，一個箭步就往廁所跑去。

在這之前我很喜歡這罐香水的氣味，可是惠廷不喜歡，所以我使終不敢在她面前使用。

老媽從我床上走到門邊，我用力關上廁所門，打開馬桶蓋，她仍舊在門外叨叨念。爲了蓋掉她的聲音，我將水龍頭開到最強，在馬桶前嘔吐起來。

我吐了一大堆酸水，那可怕的酸水會腐蝕我一口白牙。

鐵定是老媽的「油煙」味和我的香水味混合了，否則我又怎麼可能會對我的香水產生反感。

3

我坐在福利社旁的長椅上，大口吃著兩份蛋餅（我還特別要老闆娘幫我裝成一盒，免得別人發現。），一大杯冰奶茶。我眞的餓斃了！

因爲不能讓惠廷看見，所以我只好偷偷躲到這裡吃，我邊吃邊滿足自己的口欲，簡直是一大罪過。

不過幸好我在大概第二節下課時，就會把東西全部吐出來了，最近老是這樣子，我稱爲「身體自行減肥法」，就連我的身體也怕惠廷。

就在我快吃完蛋餅時，我馬上感覺到惠廷就在附近（當然，也和她的濃烈的香水味有關係。），連忙將蛋餅盒子塞到長椅底下。

「最近爲什麼都沒看到你。」惠廷和向萱站在我面前：「你是去哪裡了？」

我幾乎隨時都想吃東西，一下課就往合作社報到，可是吃東西又不能讓惠廷看見，所以我總是躲起來偷偷吃。

「沒有啊，」我低著頭，想著該如何解釋行蹤：「就隨便逛逛。」

「那是什麼味道啊？」

我吸吸鼻子，發現蛋餅的油煙味還在空氣中彌漫著：「哪有？我沒聞到。」

「這是什麼？」

我忘了將奶茶也一起塞到椅子底下，向萱拿著它問道：「你的嗎？」

「當然不是，」我搖搖頭：「不知道誰亂丟垃圾。」

惠廷接過手，用力將杯子往另一頭丟去，正巧打到可欣頭上，然後掉落在她的書上，整本書全被奶茶弄溼了（老天！我只喝了四分之一耶！）。

「抱歉，」惠廷尖尖笑著：「我以爲那是垃圾桶。」

蘇可欣沒答話，只是站起身離開，我猜她大概是到廁所清理了吧？

「你減肥減得怎樣了？」

「還好。」

我實在不大會說謊，幸好現在是冬天，我可以穿特大外套遮肥油。

「有成果嗎？」

「應該吧。」

眞搞不懂她爲什麼一見面就說減肥的事，有很多事可以說啊！

糟糕！惡心感又來了。我摀著嘴巴，轉過頭去，恰巧看見立傑和一群朋友走到這來，希望惠廷不要在減肥這方面的事打轉了。

「是嗎？」她認眞的審視著我：「看起來沒有耶！」

眼看著他們一夥人就快要走到我們這，我實在不想把話題繞在「肥胖」的上頭了。

「有啦！」我答：「只是冬天衣服穿得多。」

「向萱你那是新眼影嗎？」我轉移話題：「眞的很可愛。」

「你眼睛眞利！」向萱一臉白癡的對我說：「我用了好久了。」

立傑一夥人正好走到我們面前，他一見到我，馬上在我身邊坐了下來，接著他又看看惠廷，然後我發現他並沒有抱我。

基本上他不是一個害怕在眾人面前親親我我的人，我們就有好幾次在捷運站熱吻的經驗，我懷疑是惠廷在現場的緣故，但願是我多想。

「ㄟ！」陳子強一看見我就說：「聽說你是變肥了，才躲在家不敢出門。」

我一臉疑惑的看著他。

「你眞的變胖了耶！」他說：「臉都變肥了。」

立傑轉過來看著我，我可以感覺到他正在檢視我的體型。

老實說，我們好久沒有「性活動」了，因爲我越來越胖，實在沒辦法在他面前裸體。還有就是，惠廷斷絕了我和所有朋友的相處的機會，導致我根本沒機會和立傑碰面。

「看來減肥並沒有太大的成效對吧？」陳子強吐槽道。

我看著惠廷，這下所有事情都搞清楚了。

十之八九是她到處和別人說我之所以沒出現，就是因爲我在減肥，我胖了不敢見人。

我很想罵她：「你這個大嘴巴！」但是我還是沒敢說出口。

惡心的感覺越來越強烈，於是我站起身呑了呑口水：「我要去上廁所。」然後繞過他們快步離開。

「ㄟ！」不知道是誰還在背後大叫著：「你的屁股越來越大囉！」

我轉過頭偷看立傑，他卻跟著他們一起大笑，甚至連看都沒看我一眼。我深吸口氣，又加快腳步，只覺得淚水在眼眶中打轉。

我跑到廁所，還差點撞到滿身奶茶味的可欣。「怎麼了？」還是過了那麼久第一次聽到有人這麼問我。

不過我一點也不想和她講話：「不關你的事！」接著我衝進廁所，獨自一人邊嘔吐邊大哭。

晚上蘇可欣來我家找我，我正躺在床上滿身疲憊，門鈴響時，我還以爲是惠廷她們，等到我看到蘇可欣時，整個人失落到了極點。以前蘇可欣常來家裡玩，不過我們都是有一搭沒一搭聊些無聊事，不像惠廷她們那麼好玩。她們會喝酒會聊男孩子，會幫彼此化妝，可欣只想和我看看電影（通常是普級電影）或聽聽音樂看看書。

「有事嗎？」我躺在床上，連看也不看她一眼。

「怎麼了？」她又問了我一次今天下午問的問題。

我長嘆口氣：「不關你事！」

我才不想和她當朋友呢！她幹麼趁我沒人理的時候，故意假好心和我接近啊？

「你不是處女了？」

我被她這樣直接的問題，嚇了一大跳：「這又關你屁事！」

「我只想知道是不是而已。」

「已經不是了啦！」我大吼起來：「你以爲每個人都和你一樣，要保留給自己的老公嗎？」

「我又沒這樣想，」她吐了吐舌頭：「那你是不是懷孕了？」

「當然沒有啊！」爲什麼這個討厭鬼老是說這些不中聽的話？

先是帶有教訓意味問我是不是處女？現在又質問我是不是懷孕了！

「你確定？」她推推眼鏡：「月經都有正常來嗎？」

當然沒有！

有一度我閃過了我可能會懷孕的可怕念頭，不過下一秒很快就告訴自己：「這怎麼可能！」

「有啊！」

「你的男友會戴保險套嗎？」蘇可欣狐疑的望著我：「我聽說他不喜歡戴。」

「你管那麼多，」我對於她了解這件事的程度感到吃驚：「反正就算他不喜歡戴，我們還是有其他辦法可以避孕，你書看那麼多是看假的喔？」

「就算了解，我也不想實地去做。」

就在我要把她趕出我房間時，她從包包裡拿出了一個藍色盒子：「今天我聽到你在廁所嘔吐，加上你最近又變胖了，我就在想你是不是懷孕了。」

她將盒子遞給我：「這個留著給你下次有機會再用，不過我希望你別用到。」

「我會變胖是因爲我最近心情不好，所以吃了很多東西！」搞什麼啊！爲什麼大家都要拿我變胖做文章？

「懷孕的人因爲熱量消耗快，所以很容易想吃東西。」

我被她嚇得說不出話來。

「謝謝你的擔心，」我氣急敗壞的說：「我根本沒有懷孕！」然後我站起身：「請你出去！」

我用力推著她的肩膀，驗孕盒順手掉到地上，不過沒有人在乎，我只是一邊怒吼一邊推著她道：「請你出去！」

蘇可欣往後站了幾步，她拍拍她的肩膀：「我自己會出去。」

老媽這時正好從廚房出來：「怎麼了？」也同樣問了這個笨問題。

「問你啊！」我大吼：「爲什麼沒事把這個討厭鬼放進我房間！」

老媽正想發火，但蘇可欣早她一步教訓我：「希望你清楚自己發生什麼事！不要晚到一發不可收拾！」

然後她就背著笨重的書包，忿怒的離開了。

我趁老媽回頭看她時，也忿忿將門鎖上，我靠在門邊，滑落在地面上然後看見剛剛那盒驗孕棒，突然有股不安的恐懼占領了我的心。

如果她說得是眞的呢？

我才十七歲！

還擁有許多遠大和偉大的夢想，我是瘋了還是對於人生完全放棄了啊？

只有十七歲！

十七歲連自己都照顧不好，又怎麼可能會照顧別人呢？

眞的是十七歲而已！

有了寶寶，我以後還能幹麼？是不是就不能當化妝祕書？每天就只能牽著小孩到公園散步！

小孩每天都黏著、吵著媽媽，半夜還不能休息，我知道！我知道這可不像照顧電子寵物那麼簡單。你可以將電腦關機，或者重新設定，但是小孩就是小孩，也是個活生生的東西。

我向來不會養寵物，就連小狗也懶得照顧，我又怎麼可能照顧小孩呢？

我還沒確定自己有沒有懷孕，我幹麼妄想那麼多事？也許我只是月經遲來了一些，也許只是因爲最近變胖了經期大亂，我就不相信老天爺會讓我懷孕。

我「愛愛」次數用雙手就數得出來，怎麼可能會懷孕？

對！我不會懷孕！

於是我揀起蘇可欣給我的驗孕盒，趁老媽不注意時，衝到廁所，坐在馬桶上，發現打開驗孕盒的手在發抖，只好快速將包裝撕開，免得自己又遲疑不決。

討厭的蘇可欣，竟然有這種本事讓我心情大敗。

這和我們平常欺負她根本算不了什麼，她眞的是個讓人厭煩的高手。

我將驗孕盤滴好尿後，丟在旁邊垃圾桶蓋上，必須要兩分鐘之後才會知道結果。

我開始看著驗孕紙盒上的說明：

如果是兩條線代表懷孕。

如果只有一條代表沒有懷孕。

紙盒上還寫著：寵愛你自己，兩分鐘就解決你的憂慮。

那也是要在好消息的情況下才算解決啊！它又沒本事知道我們要什麼好消息。

我將驗孕盤壓住，禱告著：拜托！千萬不要讓我懷孕！不然我的一生就毀了！我可不想當未婚媽媽，我不要挺著肚子讓身材變型。

不太確定老天爺是不是聽見了我的禱告，畢竟我還坐在馬桶上，顯得非常沒有誠意。

然後我將驗孕盤反轉到正面，確認是「邪惡雙線」之後，我忍不住啜泣：「我真的懷孕了！」

「現在我該怎麼辦？」

「拿掉啊！」惠廷躺在床上左右手各拿著一瓶礦泉水：「不然你還想怎樣？」

我盯著她起伏的胸口回答道：「我也不知道。」

她正在做舉重訓練，我實在很佩服她有這個能耐，如果是我一整天下來沒吃什麼東西，連走路都有問題了根本沒辦法做多餘的動作。

「去學校附近那家婦產科。」向萱說道：「上次不是有去過嗎？」

我整個人茫然到無法思考：「我們上次有去過嗎？」

「不是你有去過，是我和惠廷。」話還沒說完，向萱就被惠廷送了一腳，她的腳力可不是普通的大。

惠廷從床上起身，先是惡狠狠得瞪了向萱一眼，然後又對我破口大罵：「如果不拿掉，你還有別的辦法嗎？」

向萱可憐兮兮的摸著頭，露出無辜神情：「反正就去學校附近那家呀！」

「我不曉得，」我摸著肚子：「這件事至少讓我和立傑先討論過吧？畢竟小孩是他的啊。」

惠廷先是挑眉望著我，接著又哈哈大笑起來：「隨便你囉！」然後就整個人倒回床上繼續做她的舉重訓練。

我不了解她為什麼要大笑！

電視上不是都這樣演嗎？兩個未婚少年少女懷了孕，起碼要一起討論或得到共識不是嗎？

惠廷讓我覺得自己很蠢，雖然我總是很蠢，從認識她到現在，也被她嘲笑了幾百萬次，但是就是這次我最生氣。

「你是不是覺得我很愚蠢？」

好極了！這次可不是想像，因爲由惠廷滿目凶光和錯愕的表情來看，我可以確定，這句話我是的確、確實說出口了。

「沒錯。」她表現出一副「我就是這麼覺得」以及「你能怎樣」的表情。

我沒再說話，但其實我的情緒卻如波濤般洶湧著，至少這不是我想聽見的安慰，難道這個該死的機車女，除了自己的事以外，沒有別的事讓她在乎和在意的嗎？

「如果你認爲陳立傑會承認這個孩子，」她趾高氣揚的說道：「你就去和他談談啊！」

「他不會不承認的，」我講話開始結巴：「因爲我就只和他交往，他是我第一個男人。」

惠廷又發出戲劇化的可笑聲：「你眞的認爲他這麼想？」不知怎地，這句話讓我更加忿怒和惱火。

「你眞的太傻了。」她指著我的額頭：「你以爲陳立傑會對你負責任多少？你以爲他會聽你說多少？」

等到我意識到的時候，眼淚早就從我的眼睛滑落下來了，接著我就像再也忍耐不住似的，開始大哭。

惠廷並沒有因此同情我，她只是發出無奈又無言的嘆息（聽來像是野豬預備攻擊的低吼），然後就走出了房間。

我沒有辦法停止哭泣，整個人陷入哀傷悲慟當中。

她怎麼能這樣子？像她這樣幸運的女孩，又怎麼會了解我的處境呢？

「你最好聽她的，」向萱將面紙遞給我道：「眞的，因爲我們這樣的人生，都是她給我們的。」她的眼睛又圓又大，看來是有些腦殘。

「可是，我眞的覺得這件事還是要和立傑商量一下啊！」我可不想因爲肚子裡的寶寶毀了我們的關係，或許也有可能加速我們彼此的關係！

他常跟我說他爸媽老是不愉快，總用他那悲傷孤單的眼神望著我，老天啊！簡直就像個寂莫孤寂的可憐小男孩。

像這樣一個外表也許有錢又穿著打扮時髦的男生，其實隱藏著一顆孤獨又寂莫的心。他渴望被愛，也渴望關懷。

當然，如果他不想要，我也願意接受這個答案，只要他不要離開我就好，我們都還年輕，還是可以有很美好的未來。

「他以前有把別人的肚子搞大過，」向萱突然爆出了驚人的事情：「不過我不能告訴你是誰，」她壓低音量：「不過幸好他們雙方彼此都不想要這個小孩，只不過是玩玩的。」她兩手一攤：「所以你最好也自己去拿掉比較好。」

「那個女的是誰？」

「噓！」向萱將手放在我的脣上：「我不能跟你說，因爲你知道的太多太多了。」

我沒再說話，雖然我一直很清楚立傑的情史相當輝煌，不過面對不只是我一個懷孕，還是感到非常訝異。

我不斷要求向萱告訴我那個女孩到底是誰，然後自己又在他眾多情史和女友之中，一個又一個的去猜測。

猜到最後，我發現我根本沒有答案。

就像我一樣，有誰會想到陳立傑也把我的肚子搞大了呢？

「如果前一個女孩這麼做，你也最好這麼做，」向萱持續壓低音量：「因爲他們後來感情還是很好，是因爲其他事分手。」

我看了看向萱，思考了一下又說：「好吧！那我去拿掉小孩就是了。」

這時惠廷正好進來，我將這個決定告訴她，她滿意的對我點點頭，雖然我看得出來她還是在生我的氣，但只要我順著她的意，她就不會對我發飆了。

4

何氏婦產科。

位在學校附近近的菜市場巷內，我們三個女生就坐在長椅上等候著，診所內我們是最年輕的女孩，其他大部分都是上了年紀又穿著時髦的媽媽們。

「她們是來看性病的，」惠廷低聲對我說：「因為這裡的醫生很好，他不但提供未成年墮胎，還讓這些『菜藍族』看性病。」

我望著那些媽媽，老天啊！如果不是在這裡見面，她們在我眼裡就像我老媽，完全和性病扯不上關係。

不過話說回來，我媽一定也想不到我會和「懷孕」、「墮胎」等字眼扯上關係吧？

這時有個穿著豹紋暴乳小短裙的女人從診療室走了出來，連看也不看我們一眼，就一屁股在我旁邊坐了下來。

「五十二號！」護士小姐叫著號碼。

「該你了。」我們三人站了起來，老實說我很高興輪到我們了，因為我一點也不想坐在那位豹紋女士旁邊。

我總覺得我們對彼此一定有多很疑問。

進診療室前我偷偷轉過頭看了那位女士，但是她只是將菸點燃，連看也沒看我一眼。

「不好意思，這裡不能抽菸喔。」我聽見護士小姐這麼對她說。

「最後一次月經來是什麼時候？」我坐在旋轉椅上，惠廷和向萱各站在我左右兩邊。

惠廷戴著一副超大太陽眼鏡，比較起來好像是怕被狗仔跟監到這的大明星。

「我忘了。」

「那你多久沒來了？」

「大概有一、兩個月吧？」我尷尬的回想著，最後一次用到衛生棉是在多久以前，感覺已經好久好久了。

醫生是個中年男子，我忍不住在心裡想：他會不會也是會把保險套偷偷塞在小孩書包裡的父親，畢竟護士小姐前面就有好多保險套，它們放在一個圓型大魚缸裡，上頭寫著「保護自己，請自行取用」。

「最後一次做愛是什麼時候？」

「好久好久了！」我眞感激向萱替我搶話喔！

「我不太確定，」我解釋：「因爲我最近身體有點腫，所以的確是有段時間沒愛愛了」老天啊！要在一個老男人面前講這種話，眞的很難啓齒耶！

「能不能今天就把他拿掉！」惠廷問道。

顯然她已經開始不耐煩了，「我們來這的目的和每個人一樣，就是拿掉小孩。」

「別激動好嗎？」醫生長嘆了口氣：「我知道會替未成年墮胎的醫生沒有多少，

我也知道你們的目的。」

「那你有用驗孕棒驗過了嗎？」

「嗯。」

「幾次？」

「一次。」

是的！邪惡可怕的雙線記號！

「一次還不能確定是不是懷孕了，」他說：「我必須要再替你做些檢查，好確定是不是懷孕，小寶寶有多大。」

沒想到會這麼麻煩，「檢查完確定有，就可以馬上拿掉嗎？」我只想快點把這個麻煩事解決掉，不然再這樣下去我眞的會躊躇不定。

「今天到目前爲止，」我以爲他又要問我關於懷孕的事，「有吃過東西嗎？」

沒想到卻是問這種問題，加上惠廷又站在我旁邊，我連說也不敢說。

「她只吃了蘋果，」惠廷幫我接話：「因爲她最近在減肥，不過她熱量應該消耗掉了。」

我又陷入不知該說實話還是謊話的窘態，如果我說了謊就是給予醫生錯誤的情報，可是如果我說了實話惠廷一定又要生氣。

我今天沒吃蘋果，或者說我除了蘋果以外我什麼都吃了，薯條和炸雞、大份漢堡、可樂還有洋芋片、還有火雞肉三明治。這些是我記得的，當然還包括一些小點心和零食。

沒辦法，拿掉小孩讓我神經緊繃，我又不能跟任何人說，除了吃以外，別無他法啊。

「那我先幫你檢查看看，既然你沒吃東西，那也許今天就可以動手術，」醫生示意護士過來：「不過還是要先看看這個小孩有多大，拿掉對你有沒有危險性。」

「那如果我有吃東西，」我緩慢的說：「我是說如果，是不是就不能動手術了？」

「對啊，」醫生寫了份單據將它交給護士：「動手術和檢查都不建議在那之前吃東西。」

「那如果我吃了呢？」

醫生先是看看惠廷，又轉向我：「如果你吃了，就最好老實承認。」

我的腦子突然出現了一個可怕的畫面：醫生在幫我動手術時，發現我今天其實吃了一大堆東西，然後他從我胃裡陸續拿出了一堆食物驚嘆：「天啊！這女孩會不會吃太多了一點啊！」

「好！好！」我深吸一口氣：「我吃了東西。」

「是很多還是一點點？」隔著太陽眼鏡，我完全看不見惠廷忿怒的神情。

「很——多——」我低下頭尷尬的說。

只聽見惠廷踩著高跟鞋搭搭搭的步伐，離開現場，這下我可知道她有多麼生氣和忿怒了。

她一直希望我減肥，但我一直沒去做，可是這也不能怪我啊！懷孕會一直讓人想吃東西，不是嗎？

等到我做好檢查之後，我走出診療室，看見她和向萱還坐在長椅上，感覺寬心不少，如果是我一個人，我眞的不知道要怎麼面對一切。

「好了嗎？」向萱問我。

「沒那麼快，」我說：「要等一下，護士會告訴我檢查結果。」

惠廷沒有多問，她只是板著一張臉孔，而那張可怕的臉孔在她太陽眼鏡下顯得更加有威脅性。我知道她在生氣，我也知道這種狀況之下，除了她以外，沒人能夠幫助我。

「對不起。」我並不希望經過這件事，我和她就不再是好朋友了，我眞的沒辦法離開這個圈子回到原來的生活，更不想和立傑分開。

講到立傑，我突然好想他，一股鼻酸自我心頭竄出，我開始想哇哇大哭。

一方面是惠廷給我好大的壓力，另一方面是我眞的很想立傑，於是我將臉埋在雙手裡，完全不想再多說話。

「你明知道今天要來墮胎還吃東西！」她毫不留情的責備我：「還有你已經肥成這樣子了，你怎麼還有臉一直吃？」

「我不知道墮胎不能吃東西。」

「那你也總得替自己身材想想啊！」她說：「你爲什麼總是這麼可恥！」

我的眼淚再也不受控制的開始掉下來，爲什麼惠廷總是有辦法讓我難堪，有辦法讓我掉眼淚呢？

我邊哭邊聽她責備我，忍不住在心裡想：我究竟是做了什麼事讓她這麼忿怒？是做了什麼，讓她這樣羞辱我？

就因爲我愛吃嗎？

「鄭小姐你的報告出來囉！」

我整個人一把鼻涕一把眼淚，虛弱到了極點，我一點也不想移動，何況惠廷罵得這麼囟，全診所的人都聽見了，我這樣起來只是更引人注目而已。
就在護士小姐叫了第三次的時候，向萱突然站起身：「我去幫你拿。」
然後在眾目睽睽之下，接過我的報告，她直接閱讀起我的報告來：「哇！你已經懷孕四個月了耶！」
這件事把我跟惠廷從另一件事拉到現實中來，尤其是我，沒想到我竟然已經懷孕四個月了。
過去這段日子我怎麼都沒感覺到呢？
我壓壓肚子，頓時說不出話來。
「你的小孩已經有心跳了嗎？」向萱問我。
我沒理會她，只是搶過報告，一次又一次確定自己眞的已經懷孕四個月了。
「四個月了，」我滿臉通紅的問護士小姐：「能不能趕快動手術？」
護士小姐看著我：「我們這裡只要滿三個月就不能拿掉了，你要去給大醫院檢查比較保險喔！」她很訝異我不知道這些，「因爲三個月太大了，如果拿掉你會有危險，我們不能承擔這個風險。」

「沒關係，」我又被急哭了：「我眞的沒關係。」

老實說，我也希望自己就死在手術台也沒關係。

可是護士當然不會讓我這麼做，她只是嘆口氣然後搖頭道：「我們這裡不做這方面的手術，你還是要到大醫院去才行。」

「可是到醫院去就會被我爸媽知道了啊！」我拖口而出。

「可是你的小孩都已經成形了，」她耐心的又解釋了一遍：「你難道還不想讓你爸媽知道嗎？」

我本來想企圖再說服她，可是惠廷也站了起來：「走吧。」

她一說完就走到玻璃門前，甚至連回頭也不願回，就緊接著打開的玻璃門走出診所。

「走了。」向萱小聲拉著我，將雙腳麻木的我也帶離了現場。

惠廷一直走在我們前面，不願回頭看我。

我不曉得該怎麼辦，我怕得要命。

「你有沒有滿二十歲的近親可以幫忙你？」向萱問我：「讓你去醫院墮胎不要被發現。」

我搖頭，只是哭。

「那你眞的要跟你爸媽講了。」

我們三人就這樣一前兩後走著，經過學校附近市場暗巷，我又看到那位豹紋低胸女士，她正拉著一個中年男人走入一棟破舊公寓。

5

立傑就坐在我對面，桌上擺滿了食物，眞難以想像，這一刻我竟然沒有想將食物全部吃下肚裡的衝動。

他喝著可樂，然後順手拿了根薯條，「說吧！」一臉無神的望著我：「你不是傳簡訊說你有事要對我說？」

從前我老覺得他眼神無力是一種魅力，加上他吊兒郎當的態度，的確有不少女孩子和我一樣對他迷戀著。

我沒說話，只是緊咬著下脣。

這要怎麼解釋和開始呢？我不太確定我丟了這個爛包袱給他，他會有什麼反應？

「小姐，」他又順手抓了一塊雞塊：「拜託你有話快說，有屁快放好不好？」

自從我們沒再像平常一樣頻繁的在一起、頻繁的上床之後，他對我變得有些視而不見，耐性自然沒從前好了。

如果是以前，他會說：「小寶貝，你是怎麼啦？」然後親熱的摟著我。

不過這也不能怪他，我肥胖的身軀，早就讓我對於在他面前裸露變得毫無自信心了。

有的時候我會照鏡子，然後看見自己全身的肥肉，耳邊迴響著惠廷的嘲諷，「天啊！你眞是有夠肥的！」

雖然說，現在是懷孕了，但是還是無法確定這個小孩到底是要不要留，這一切就只能交給立傑決定和處理。

「我懷孕了。」我低著頭不敢看他：「我說我懷孕了。」再一次強調。

我以爲他會露出關切的眼神或者至少吃驚的嘆息，不然就算說句話也好，說句：「小孩幾個月了？你打算怎麼做？」

但是他沒有，他只是大笑，拿起可樂大口啜飲著，模樣就像在看爆笑電影一樣愚蠢：「你和我說這個幹麼呢？」他繼續笑著：「你爲什麼要和我說這些？」

「因爲我以爲你會想替我決定這些事。」

「拜託！」他邊收起背包邊說道：「你以爲我是誰？我才十八歲耶。」

「可是我自己也不知道該怎麼辦，」我阻止他離開：「所以我才想問你。」

「我才十八歲！」他又強調一次：「你認爲我會怎麼做？養你？養小孩？」從我認識他到現在，唯一一次看到他的無神雙眼皮睜大：「你認爲我能怎樣嗎？」

他的語氣高昂，字字刺痛我的心，「何況，我怎麼知道小孩是不是我的？」他指著我：「你們這些女生，淫蕩的要命。」

我可以感覺情緒激動了起來，淚水開始湧出眼眶：「我不是這樣的人！」我以爲我會大吼，我是該大吼，但聽來就像隻小貓一樣。

「我怎麼會知道？」他冷哼一聲，立刻站起身道：「總之，這件事和我無關，我不想管，我們早就分手了，希望你能夠明白。」

一聽見分手兩個字，我木然在原地，一句話也說不出口，「你怎麼可以這樣對我呢？」我哭了起來。

但是他並沒有心軟，「我們早就分手了，」他又強調一次：「你的事一概跟我沒有關係。」

他怎能這樣做！我激動的看向他，但卻久久說不出半句話來。

至少在他收拾背包的那幾秒鐘，我根本開不了口，只是覺得喉頭像被哽咽了一樣，速食店聲音吵雜，但我的情緒卻將一切都掩蓋住，我聽不見身邊所有聲音，腦子只是一直想著他對我說的每一句話。

擁抱

6

「ㄟ！你還好嗎？我很抱歉那天莽撞到你家去，只是想問問你好不好？」蘇可欣上數學課時，傳了張紙條給我，是一張作業簿撕下來的簡陋紙條，她刻意在上頭畫了個笑臉，最後又附注：不知道你小孩的事怎麼樣了，我希望事情不要太糟，因爲你看起來眞的糟糕透了。

從那天起，我回家哭了很久，無法再打起精神來，我開始擔心害怕，現在眞的只剩下我一個人去面對這可怕的事實了。

我不敢告訴爸媽，更不敢再和惠廷她們多解釋一句話，不過她們對於我的事也不抱有太大興致。

唯一確認的是：惠廷知道我告訴了立傑。

因爲在某個午飯過後，我呆呆坐在自己位子上，隱隱約約聽見惠廷和立傑在一旁嬉鬧，我抬起頭，恰巧看見立傑將手放在她的背上，輕輕撫摸著，就像是每一個我和他做愛的夜晚，他也會輕摸著我的背。

至少，惠廷是知道我分手的事實。

向萱偶爾會瞄向我，但是視線總是很快就被人轉移開了，不過我可以確定，她不敢在惠廷面前看我，因爲惠廷會狠狠咒罵她。

就像一開始我融入這個團體，她們開始欺負可欣時，我偶爾會因爲良心不安而向她張望；這時惠廷會狠狠抓住我的手臂，瞪起她的大眼罵：「你何不回去和她一塊？」

這時我會嚇得不敢多講一句，並且立即加入她們的欺負陣容。

如今我陷入和可欣相同的命運，如果非得逼我往好的看，那就是她們對我總是視而不見，這比可欣老是被欺負好得多了。

老實說，我根本無法思考，更無法在意她們是怎樣對待我的，最大的問題還是肚子裡那塊肉，我必須要設法解決，否則這將徹徹底底改變我的未來。

我一點也不想要小孩！眞的！

我很想將紙條傳回給可欣，最終還是忍耐下來，畢竟，惠廷她們的視線總是繞著我，我不想被她看見，也不想告訴可欣我懷了孕。我不想讓她指責我的錯誤，因爲我眞的知道自己做錯了，我當然更不會告訴爸媽，我不需要再多一些人來加深或者提醒我犯的錯誤。

我試著要找一些管道，只可惜都沒有太大效用，因爲小孩在我肚子裡已經定型了，我就連最簡單的吃藥墮胎，也必須到醫院和有監護人的控管下進行。

我現在知道被孤立的感覺了，我想蘇可欣鐵定很恨我，畢竟我做錯了事，但她可什麼錯也沒做。只是比較無聊，比較無趣一點。

好吧，想到這裡我又有了另一個想法：如果蘇可欣恨我，也許她願意替我解決掉這整件事情。

我重新再將紙條攤開，然後寫下：

我有一個忙想請你幫我，如果你可以，請對我點一下頭，今天晚上來我家一趟好嗎？拜託！

我趁著惠廷在弄頭髮，向萱正在偷傳簡訊給男友時，將紙條丟回給蘇可欣，她先是一陣驚訝，然後將紙條揀起，在拆開的同時對我展露大大的微笑。

我沒瞧見她的笑容，一發現她往我這看，我在她嘴角還未上揚前，就立刻轉回黑板。

✿ ✿ ✿

「我才不要！」蘇可欣搖著頭，一臉錯愕。「我才不要這樣對你！」

「你一定要這麼做！」我緊抓她的肩膀：「我知道你很恨我！」

「我沒有。」

「你有！」我激動的回道：「你忘記我們以前是怎麼對待你的嗎？」我故意將從

前羞辱她的種種一一翻出，這中間包括我們開了多低級的玩笑，我們又是怎麼排擠她，又是怎樣讓她在全班難堪。

她低著頭，一句話也沒說，我也說不出話來，兩人陷入沉默不語的窘況中。

「好了，」我站起身，走到門口：「你現在可以幫忙我了嗎？我給你這個機會，讓你對我報復。」

我不確定她有沒有看我，因爲我完全不敢看她，不管她的答案是哪一個，都不是好答案。

「我不要。」蘇可欣顫抖著，態度堅決。

「那你是要我自己去死嗎？」終於我還是哭了出來。

我試著用難聽的字眼羞辱她，爲的就是提醒她，她有多麼沒有骨氣，有多沒用。

「你爲什麼一定要死呢？」她喃喃自語：「事情一定會有解決方法啊！」

「我沒有要死，」我忿忿的說：「我只是要你把我從樓梯推下去！好讓我流產！」

我承認這個作法不是很聰明，可是我又有什麼辦法，電視上不都是這樣演的，我總得要試試吧！偏偏我自己根本沒勇氣摔下去，試了幾次也因爲怕痛而摔得不夠徹底。

「可是你這樣對你身體傷害很大，」她說：「搞不好以後你會不孕。」

「我現在都不想要小孩了，」我簡直快氣炸了：「爲什麼還要擔心自己會不會懷孕？」她是腦子不正常還是分明要我把推到谷底啊？

「何況我根本不會死，」我試著耐心和她解釋：「頂多在醫院躺幾天，死不了人的！」

「可是，」我阻止她說下去：「不要再可是不可是的了。」故意和她撒謊：「如果你眞的不幫我這個忙，就是逼我去死，現在只不過是沒有小孩，你不幫我，那就連我都沒有。」

其實要不要死，該不該死，我都沒有認眞想過，我只知道現在自己難過的要死！再這樣拖下去，我肯定會被弄得半死不活。

蘇可欣看著我，我也望著她，我們兩人一句話也不再多說。

我試著表現出我沒那麼在意、這不過是一件小事，爲的就是要她能夠把我推下樓梯而已。

「等到你推我下去，」我解釋：「你只要再幫我打通電話叫救護車，你就可以回家了。」我試著不去幻想我「血肉模糊」的模樣：「這件事沒人會知道。」

「我不要。」她把頭低了下來，滿臉通紅：「我眞的不想做這件事。」

我整個人都快氣瘋了，我用力推開她：「給我滾。」我淚流滿面：「讓我自己想辦法就好了。」然後我忿忿的走出家門。

我衝動到忘了自己懷孕，還用跑得衝下樓，雖然這是我的目的，但是如果爲了一時腳沒踩穩摔個半死，或痛得要命，我一樣沒有辦法忍受。

我走出家門，蘇可欣緊追在後，我不斷咒罵她，從三樓奔跑到一樓，我家是棟小公寓，我甚至連門都沒有鎖。

因爲我實在是氣瘋了！氣炸了！喪失理智了！

「雅曼！」她對我大叫：「你等一下！」

我衝到小馬路中央，大哭起來：「你爲什麼就是不幫我？我對你做了那麼多錯事！你是應該要報復我的。」

「因爲我不想，」蘇可欣也哭了起來：「小孩子是無辜的，你這樣做只是讓你自己更傷心而已。」

「那你要我怎麼做？」我難過的說：「事情已經到了這種地步了。」

「你可以跟你爸媽溝通，我陪你去。」

「我才不要！」我吼回去：「我不要和我爸媽講。」他們鐵定會打死我，責備我，我不想這樣做。

「好，」她想了想又說：「那不要告訴你爸媽，但你總要尋求幫助啊！」

「什麼幫助？」

「有很多人可以幫助你，」她對我說：「不管你要做什麼決定，你也可以先把小孩生下來再給別人領養。」

「怎麼可能生下來！」

「那你要怎樣？事情都已經發展到這地步了！」

我愣愣的望著蘇可欣，因爲這是她第一次對我大吼，過去我們怎麼整她、欺負她，她從來就不會生氣，唯獨這一次，我看到不一樣的她。

我無法開口，然後又哭了起來：「那我該怎麼辦？誰可以幫助我？」我用僅剩的力量對她吼道。

蘇可欣先上網幫忙我找社福單位，並與對方聯繫，據說這是一個專爲受虐兒童婦女，或未成年懷孕服務的基金會。可欣先將我的狀況大致說明，對方很熱情也很積極，並且希望我們盡快到她們那去，並且時時保持聯絡。

於是，在蘇可欣陪伴下，和一位社工人員見面：「你是雅曼嗎？不要害怕和擔心，我們會幫助你的，你現在打算怎麼做呢？」

「我想將小孩拿掉，」我哭著說：「但是已經來不及了。」

「我知道。」她摸摸我的手：「所以爲了你的身體好，我們也許考慮將寶寶生下來再給別人養。」這讓我更加想哭，因爲我已經有很久很久沒有感覺到別人關懷的體溫了。

「給別人養？」

「是的，到時你還是可以上學，也幫助一些無法生孕的夫婦。」

「我沒想過這麼多，」我老實提出我的問題：「老實說，我還沒跟我爸媽講，我不敢講。」

我的爸爸是一個普通的公務員，很守舊也很嚴格，我媽媽是一個平凡的家庭主婦，同樣也是保守得要命。我無法想像，當我把這個消息告訴他們時，我會有什麼下場？

我爸媽管我很嚴，當我衣著暴露、臉上妝太濃、超過八點沒回家，都會被念一頓，更何況是闖了個大禍，讓他們的孫子提早來臨這種事？

我不懂他們爲什麼不能開明一點，至少像惠廷父母一樣，對小孩的一切都不過問呢？他們眞的管我管得太嚴格了。

「你是因爲他們太嚴格而不敢說嗎？」她對我微笑：「事情已經發生了，你也不能躲避一輩子，錯誤已發生，你還是要去面對啊。」

「你不了解，我爸媽好嚴格好可怕，」我邊哭邊說：「如果坦白告訴他們，我就死定了。」

「可是你一定要這麼做不可，」她把我的手握更緊了：「因爲你還未成年，你爸媽一定要知道，他們需要對你的行爲負責。」

我想要再多說些什麼，但似乎一點效用也沒有。

「這樣吧，」她說：「我陪你去找爸爸媽媽好嗎？」

我有些驚訝，我以爲她只負責我單方面的狀況，畢竟我闖的是大禍，沒有人願意陪伴我承受這個壓力和輿論。

我看著她，又開始想哭了。

「如果我陪你去和爸爸媽媽說，」她對我解釋：「表示我願意用我的專業來幫你，你覺得這樣可以嗎？」

自我知道懷孕以來，第一次有人願意幫助我，第一次有人站在我這裡，我在許多灰心和挫敗之中走過來，從最愛的立傑打擊我、最好的朋友背棄我、沒辦法拿掉小孩，逼得我要單獨面對這一切。我不是不感激可欣，但她和我一樣年紀，要怎麼幫助我？她的能力也有限。

這眞的是第一次有人願意陪我度過這個難關，而且是一個有能力、並且一定可以幫忙我的人。

「好。」我話還沒出口，早就哭得唏哩嘩啦了，能被人幫助、能有人願意站出來的感覺眞的很好。

7

爸爸下班回家看見客廳裡有個陌生的婦人，臉色就難看得要命，儘管他努力掩飾自己的情緒，但還是看得出來他的內心在想著：「這個笨丫頭不知又幹了什麼事？」再加上看到我和媽滿面愁容（我先把消息告訴媽媽了，因爲我希望她能夠先替我設想，媽總是比較好說話，我擔心她的思緒會被爸所左右。）如果不是家裡有事發生，十之八九一定是自己的女兒犯了錯。至於犯了什麼錯，這才是最讓他擔心的地方。

他連公事包也沒放下，只是看著基金會阿姨：「有什麼事嗎？」有禮貌的問道。（其實他是想問：「他媽的，這個家是發生了什麼鬼事？」）

「徐先生你好，」她起身對他自我介紹：「我是○○基金會的社工人員，敝姓王。」

「王小姐你好。」

「事實是這樣的，」王阿姨說：「雅曼她懷孕了。」

爸爸將目光掃射到我這來，我嚇得不敢抬頭說話，蘇可欣緊緊抓著我的手，這一刻，我眞後悔自己闖下這個禍。

「小孩的爸爸是誰？」

「是學校一個學長的。」

「我是問你他叫什麼名字！」他幾乎是用吼的。

「陳立傑！」我也幾乎是撕裂般哭號著喊。

「你爲什麼會有這個小孩？」

「因爲他是我男朋友，」我說：「我眞的不是故意的。」就算之前已經和媽媽談過，就算社工王阿姨在我身邊，我還是顯得害怕和孤立無援。

「徐先生，」王阿姨對爸爸說：「我明白你爲什麼要生氣，但是雅曼自己也知道錯了，現在是她最需要你們幫助的時候，如果你不幫忙她，誰幫她呢？」

「叫那個男人幫她啊！」爸爸惡狠狠的瞪著我：「小孩都要出來了，還想假裝沒這回事？」

「他不想要這個小孩，」我哭著答道：「他否認小孩是他的，我本來想說要拿掉小孩，可是拖太久太久，最後就不能拿掉了。」我抽抽噎噎：「我也不知道事情會變成這樣子，對不起，對不起。」

我是眞的打從心底難過和愧疚，事情沒有我所想得這麼簡單，立傑他沒有想像中的愛我，惠廷也不算是我最好的朋友，她只是想多個跟班罷了。

你以爲這些人對你多好，有多愛你，但只不過是因爲他們有他們自己的目的和手段需要你去達成，等到你不再具有利用價値的時候，他們完全不把你當作一回事。

「徐先生，雅曼的心靈和身體上都受到很大的折磨，」王阿姨試著和爸爸解釋：「關於男方那邊的法律問題，我會再處理，現在雅曼只想得到你們的關心和諒解，讓她可以無憂無慮生下這個小孩。」

「對方不負責，」爸爸並沒有直接回答王阿姨的話：「你打算拿這個小孩怎樣？」

他們全往我這看來，我卻半個字也吐不出來。

「我還沒想過打算要怎麼做，」我完整道出自己的想法：「這一切來得太突然太快了。」

幾個月前，我還是一個普通高中生，現在我的肚子整整大了一倍，而且還會持續變大，直到小生命出來爲止。

爸爸沉默不語，王阿姨就像已經預知答案的問答題一樣答道：「這個問題雅曼可以再思考一下，我們也可以幫忙她出養，有很多夫妻生不出小孩，他們很需要這個小孩。」

「你怎麼會捅這麼大嘍子！」爸爸的聲音不是責罵，而是充滿嘆息。

我沒說話，就只是一個哭。

蘇可欣握著我的手，就像在給我無聲的鼓勵和支持。就算如此我還是沒有辦法答話，我喜歡偶爾犯些小錯，例如喝酒和交男友，或者化妝，買許多衣服，但懷孕並不在我犯錯的範圍內。

媽媽和我一起哭：「是我沒教好她。」

我知道不是媽媽沒教好我，是我自己太任性太自我，只可惜我從來就沒有發現到這一點，否則我也不會犯這麼嚴重的錯。

那天晚上爸爸並沒有抱我，只是和王阿姨了解一些相關事項，叫媽媽多準備一些補品維他命給我，儘管如此，我也感覺的到，爸爸並沒有原諒我，也許他只是事情已經到了這個地步，非得要收拾不可。

爸媽知道我懷孕後的兩個星期，我躺在床上聽音樂發呆，除了肚子越來越大，睡覺不方便以外，其他時候倒也還好。

孕吐已經沒有症狀了，每天我吃許多維他命和保健食品，主要是讓我的小孩和自己更健康。

不過我卻依然沒有像一些媽媽一樣有著「新生兒」的喜悅，爸爸變得不再正面和我交談，我不知道是我躲避他，還是他在躲我。總之，自從懷孕事件發生之後，我沒再和爸爸說一句話，就算有也是基本的早安和吃飯。他不想看我，也從沒正面回應過我。

有時對於他的態度，我不知該如何是好，託王阿姨的福，他沒打我、罵我，但是對我冷眼相待也很讓我吃不消。

不過幸好，他一個禮拜有五天不在家，晚上才下班回來，我因爲懷孕的關係暫時向學校辦理休學（其實這讓我鬆了口氣，我也眞的不想再待在學校了。），所以常常和媽媽兩個人單獨在家，媽媽對於我懷孕的事總是很悲觀，她常罵我是粗線條，要不就是唉聲嘆氣。

唯一對我態度都沒變，會對我笑的人，就只有蘇可欣。從放學到我家，跟我報告學校的事，然後從我家回家，雖然每天只和她相處一個多小時，卻是我一天中最開心和期待的事。

說來很諷刺，我以前看到她總是巴不得趕快離開，現在卻每天期盼看見她。有時她會帶些糖果或洋芋片，我們會邊吃邊講，不過機率不大，因爲她是反垃圾食物主義者。

「你知道嗎？」她今天拿了一包巧克力來找我：「聽說陳立傑轉學了。」

我本來注意力還在巧克力上，但是當她提到「那個名字」時，我的注意力就馬上被打散了。

「爲什麼？」

「我也不知道，」蘇可欣將巧克力剝開一半給我：「有太多傳聞了啦！」她大口咬下自己那一半：「聽說是因爲把你的肚子搞大，也聽說是因爲他本來就計畫出國，你也知道嘛！他功課爛得要命！」

我把巧克力拿在手上許久，連巧克力化掉了，都沒注意：「我不知道他功課很差耶，」我本能回答：「以前都沒注意。」

蘇可欣已經吃掉了巧克力，她繼續說：「他功課眞的不好，人品也不優，只不過是有錢一點罷了。」

「嗯。」我一直在思考陳立傑的事，以至於我根本沒有吃，也沒有去想蘇可欣講的話。

他不承認我肚子裡的小孩之後，我就沒再和他講話，現在他要休學了，我突然想看他過得好不好，或者和他講一兩句話，也或者和他道別也好。

「那他什麼時候轉學呢？」

「不知道耶，」蘇可欣擺出一臉「沒必要那麼關心吧」的樣子：「他的事和我們什麼關係？」

「我只是想了解一下而已。」我說。

但是我突然很想去看看他，我也知道這樣很笨，但小孩已經不需要他負責了，我爲什麼不能去和他講一下話。

也許他是因爲一開始害怕面對小孩，才對我態度不好的。

那現在不需要他負責，他是不是可以不需要再對我冷眼相待了呢？

「我覺得他是一個爛人，」蘇可欣坦白說道：「國中的時候就是個爛人了。」

我望著她，等她說下去：「這也是聽說的啦，他讓很多女生懷孕過。」

「那她們有生下來嗎？」

「應該沒有吧！」她說：「好像只有你生下來。」

「是喔。」唉！我實在是耽擱太久了，不然也不會搞成這樣子。

「唉！」她鼓勵我：「你是勇敢的小媽媽。」

我點點頭，她又繼續說：「墮胎是一件很殘忍的事，雖然每個人都有每個人的問題和處境，但我眞的很高興你有勇氣生下來。」

我看著她，沒有回答，心中百味雜陳。

老實說，我不知道怎樣對我來說是最好的，不過既然事到如今，爸媽也都知道，也改變不了什麼，我也只能生下他了。

「你小孩決定要出養了沒有？」

「還沒，」我坦白說道：「不知道該不該給別人養，因爲大肚子很累，我不希望自己辛苦生的小孩得到不好的家庭環境。」

不過另一方面，我也不想照顧小孩，因爲我想回學校去當化妝祕書，我的化妝品因爲之前孕吐，已經很久沒拿出來了。

我不想因爲有小孩而毀了我的夢想。

「沒關係，你可以慢慢考慮。」

蘇可欣對我說，不過有些話我並沒有坦白告訴她，包括小孩出養的問題，因爲我擔心她會罵我自私！

還有，我想趁著假日偷偷去陳立傑家一下。

當天晚上我睡不著，不知道是因爲肚子越來越大，還是小孩在踢，還是我根本就不敢再去找陳立傑。

好不容易捱到天亮，我偷偷開始將化妝箱準備在旁邊，假裝躺在床上熟睡。

媽媽突然探頭進來問我：「我們要去奶奶家，要一起來嗎？」他們隔周都會去奶奶家。

可是我已經不愛去了，我想爸媽也不會讓我去，雖然他們表面上什麼也沒說，但是我知道他們不想讓我去。

「年紀輕輕懷孕就是家恥。」我聽過爸對我提出這樣的評價。

之後我就避免和任何人打交道了。

「喔！」我假裝很愛睏的樣子：「不了！我想在家休息。」

媽也已經習慣我會回答這樣：「我們很快就回家了，好好睡喔。」

「好。」

我聽見他們關上門，等了十分鐘確定他們走遠後，馬上起床出門找陳立傑。

陳立傑穿著一件黑色T恤和七分褲，和我以前遇到的他沒什麼兩樣，唯一不同的就是：他的頭髮變得更亂了，也沒以前那麼愛現活潑。

以前的他像個明星一樣，每次總是關心身邊所傳來的目光和焦點，他喜歡周遭的女生看他，他認爲自己與眾不同，雖然他是眞的很帥，也很有錢，但是一想到昨天蘇可欣對我講得話，還有他當下對我的態度，對於這個人我早就心灰意冷。可是，想到他要離開了，又想和他說句話，哪怕只是道別一下也好。

我在他家對面偷偷望著他，卻不敢上前講半句話，就好像以前我還沒跟他交往的時候。我完全不敢直視他，也不敢上前和他多說句話。還是在他走到對面來的時候，我才開口和他講話的。

「嗨！」我好不容易擠出了一個字。

「你來做什麼？」他似乎視而不見。

「我只是，」雖然他一直沒給我好臉色看，但還是被他的態度嚇住了。

「你把我害得還不夠慘嗎？」

我不懂，明明就是他搞大我的肚子，卻爲什麼說**「你把我害得還不夠慘嗎？」**這種話。

「我只是來看看你而已，」我更不懂現在的我爲什麼要怕他？爲什麼要哭？「因爲聽說你要轉學了。」

「還不是你害的。」他對我破口大罵：「你爸到學校去控訴我誘拐你！」

我傻愣愣的看著他，因爲爸爸從沒跟我講過這種事。

「我搞大幾個女生的肚子，」他繼續指責我：「你眞的是最麻煩的一個！」

「爲什麼！」

「其他人都會自己拿掉！唯獨你！」

「你說其他人是誰？」

「還會有誰！」他本來要脫口而出，之後馬上閉上了嘴：「我現在被你害得還不夠慘嗎？」

其實我只是想來跟他道別而已，畢竟他是我第一個男人，我的初戀，對我意義重大。

但是他似乎眞的沒把我當作一回事，「拜託！你快滾吧！」他對我揮揮手，示意要我滾蛋：「我眞的快被搞瘋了。」

我站在原地，覺得全身發燙，完全不知該如何是好。

他罵過我後，警告我不要再出現，他重重摔上門，連頭也不回的走進屋裡。

我望著他家門口，有好段時間不知道自己在做什麼。後來還是我努力將自己拉回現實，因爲爸媽快回家了，我如果一直呆呆站在這，什麼也得不到。我拖著沉重的步伐，心情沉重，身體沉重，走回家中。

一回到家，我躺回床上，臉上的妝早就糊得亂七八糟（我還爲了他化他最愛的妝，眞的是白癡透頂！），一直哭到爸媽回來，才偷偷到廁所將臉上的妝卸乾淨。

8

「所以說雅曼現在要開始決定出養的問題囉？」爸爸面有難色的和媽媽相望，要決擇這件事對他們來說是有些困難。

「是的，」基金會王阿姨肯定的對他們說道：「這件事不能再拖了，如果你們決定要出養，我們要開始找寄養家庭。」

「有那麼急嗎？」媽媽勉強自己打起精神：「不能等小孩生下來再決定嗎？」

「這是我們的規定，讓寄養家庭和媽媽聯絡感情是必要的，」王阿姨望向我：「如果他們感情好，兩人協商的好，媽媽也可以去看小孩。」

「看你們自己願不願意照顧小孩，」王阿姨說道：「雅曼很幸運有你們這樣開明的父母，外面有許多未婚懷孕的小媽媽，都偷偷生下來給別人養。」

我看了看爸媽，想到爸爸對陳立傑做的事，他逼得陳立傑轉學，一直到現在還是一個字也沒透露。不曉得他這麼做，定義是什麼？讓陳立傑更恨我嗎？

「再給我們一天考慮看看吧，」媽媽有氣無力的說道：「這個問題雅曼需要好好想一想。」

我被這句話震驚住了。「她是小孩的媽媽，懷胎十月的是她，」媽淡淡的說：「已經是大人了，這種事她自己要作主。」

我以爲他們不會給我自主的權利，不但媽媽說，就連爸爸也點頭表示贊同，王阿姨看著我們露出欣慰的微笑。

但我卻完全笑不出來，我怎麼可以決定這種事情呢？我到底還了解多少？我夠不夠資格當一個媽媽？

「雅曼自己覺得呢？」

「我還沒決定，」我連忙回答：「我不知道哪個決定對自己是好的。」也順便幫自己拖延幾天。

「你也快生了吧？」

「一個半月。」

「男孩還是女孩？」

「男孩。」

老實說我希望是個女孩，這樣至少我可以幫她化妝或綁頭髮，買可愛的衣服給她，而且我自己也是女孩，我了解女孩在想什麼，不希望媽媽管什麼。

「這沒有別的意思，」王阿姨說：「不過男孩在出養紀錄裡面，是比女孩來得熱門。」

當她講「熱門」時，我的腦子卻浮現了兩個基台，一邊男孩和一邊女孩，然後主持人是個滑稽的小丑，他大聲宣布：「男孩是最熱門的！」

就好像如果有人問起小狗，可能某些品種的小狗，會最受歡迎、最熱門。

「台灣還是有較守舊的觀念，」王阿姨解釋：「所以你可以選擇讓你兒子到更好的寄養家庭去。」她簡明扼要說：「你的選擇會更多、更好。」

我不確定王阿姨是不是一個只看外表的人，因爲電視上有很多家庭表面風平浪靜，但其實卻隱藏很大的危機，要把肚子裡的小孩給別人養，眞的需要很大的勇氣。除了你自己之外，怎麼有把握別人會對你懷胎十月的小孩好？現在很多人對自己的小孩都不好了。

「你竟然有那麼多顧慮就自己養啊？」晚上和蘇可欣見面時，我把我的想法說給她聽，「如果擔心你的小孩會吃不飽穿不暖，你就自己養他。」蘇可欣直接了當回我。

「可是我的人生還這麼長，」我解釋：「小孩是一輩子的事，我怎麼篤定自己會一直想照顧他？」

「既然擔心別人顧不好，」她摸摸我肚子：「就不要給別人照顧，只有自己照顧才是最好的。」

除了蘇可欣之外沒人愛摸我肚子，就連我自己也不太喜歡這個肚子，雖然懷孕可以不需要刻意減重，可以爲了小孩多吃一點，但我還是不喜歡懷孕。

「可是我的人生難道都要放在小孩身上嗎？」

蘇可欣尷尬的笑道：「現在不是有很多時代女性，又照顧小孩又上班，你一樣也可以啊！」

「所以你是贊成自己養小孩囉？」

蘇可欣高舉雙手大聲宣示：「是的！贊成一票。」

第二天早上我頂著大肚子到餐桌吃早餐，隨著日子越來越近，我的肚子當然是越來越大了。

「快把早餐吃完，」媽對我說道：「今天還要去產檢。」

我本來想在早上宣布自己的想法和意見時，爸爸卻難得對我開口了：「需要我開車帶你們去嗎？」

我嚇得不知所措，幸好媽媽即時替我回答：「好啊！沒問題。」從我懷孕到現在，爸爸從沒陪我去產檢過，也從不和我多講一句話。這個突如其來的關懷，讓我忘了要宣告我的決定，也讓我有更多時間去思考和遲疑。

我和媽在醫院外頭等候，爸先去將車停好，我趁著只剩下我和她的時候問道：「媽，你覺得我是要把小孩交給別人養，還是不要？」

媽遲疑的看著我，笑了笑：「看你自己啊！反正事情已經發生了，你都已經懷孕了，還搞不清楚自己是怎麼一回事嗎？」雖然她的表情在笑，但我卻感覺是在嘲諷。

以前她總追在我身後，管這個、教那個的，或者隨隨便便替我拿定主意，現在遇到這麼大的問題，她卻要我自己決定？

「你總會有你想要的答案吧？」我不高興了：「這不是我自己可以輕易解決的事。」

「可是你已經懷孕啦，」她倒是沒發現我有什麼不滿：「知道這一切是怎麼一回事，也不再是個小孩了，不是嗎？」

我突然有種被背棄的感覺，但自己也不知道爲什麼，我一直希望爸媽能夠開明、多聽我一點意見，但不是在這個非常的時期。這種我無法決定的事，爲什麼他們堅持不替我決定呢？我不想把辛苦懷胎的骨肉給別人養，但我也不想自己養。

爲什麼媽媽不願告訴我，她願意幫我養呢？這樣我小孩生了，還是可以去做自己喜歡的事，也不用擔心別人沒顧好我的寶寶。何況我們家就只有我一個小孩而已，他們替我養又有什麼問題呢？我不知道爸媽是算準一定會幫我養？還是他們一開始就把問題丟給我自己，就在我想和媽媽問清楚時，爸爸正好將車停好走了過來。我沒有再問下去，經過這次事件，我沒被爸爸打就要偷笑了，如果我再問這個問題，他鐵定會發火。

自從王阿姨要我決定出養問題之後，爸媽都沒再問我，甚至連提起也沒有，就好像這個問題顯而易見，或者做了什麼答案都無所謂，隨便決定都可以似的。總之，我覺得爸媽變得好奇怪，他們不像他們自己，我根本不認識他們。

「徐雅曼，可以進來囉！」護士小姐探出頭叫我的名字。

我站起身來，這才發現現場其實有很多異樣的眼光直視我這裡過來。大部分的媽媽都是二十多歲到三十多歲，我自然是最年輕的一個，也有可能是唯一一個沒有結婚，不知道小孩該何去何從的一個。

但是她們還是很安靜，安靜的摸摸她們的肚子，有些孕婦的先生也一同陪她們來，這一刻我倒是沒想到陳立傑，只是我多多少少也對於自己這麼年輕就有寶寶而有所驚駭。

我原本以為自己也會像這些人一樣，至少要再十年才會結婚生子，是和丈夫一起來，而不是像現在和我的爸媽一起來。

噗嗞！醫生將那像凝膠狀的液體擠在我肚子上，一邊熟練的用超音波，一邊告訴我：「小孩快出生了，有什麼打算嗎？」

我真怕別人問我這個問題，所以我假裝沒聽見，好讓爸媽來幫我回答這個問題。

這家醫院是和王阿姨的基金會合作的，醫護人員都很親切，環境條件也比以前惠廷帶我去的那家小診所好。

他們什麼也沒多講，反倒爸爸提出了別的問題：「寶寶的腳在哪裡？」

「這裡，」她用筆將一個小小的圓球畫個圈，沒仔細看還看不出來那是腳，不過仔細看，倒是有看到小腳趾了。

「小雞雞在這裡。」她說。

但臉上沒有任何表情，可能是因爲她以爲我們會想知道，所以直接告訴我們吧！

總之，小孩已經成形了，什麼問題都最好要開始處理解決。他越大、越像是在宣告世人：我來啦！我眞的來啦！

當天晚上我一如往常的，將小孩超音波照片拿給蘇可欣看。

「天啊！」蘇可欣驚訝的大呼小叫：「你看到小腳趾了嗎？還有小小的腳掌！」

其實我很不喜歡討論我的小孩，就連每次看超音波的時候，我也故意跳過，免得自己看了也煩。

隨著我的肚子越來越大，代表他一直都在改變，也代表我要做些決定。

「我還沒做要不要出養的決定，」我承認道：「今天一整天都還是在想。」

「可是你不是今天就要告訴王阿姨了嗎？」她顯得很訝異：「我以爲我們已經決定好了。」

「我不知道，」我看了看手錶：「現在還沒九點，我想我還有兩個小時可以決定，再打電話告訴她。」

她的臉彷彿就像在說：你再遲疑什麼？

「你覺得我爸媽會幫忙我照顧小孩嗎？」

「會吧，」她繼續看著超音波照片說道：「畢竟也算他們的孫子啊。」

「可是他們沒和我討論這件事，我媽甚至還說：我已經到了可以決定這件事答案的階段了。」

蘇可欣想了想，「也許他們是希望你自己決定，不管你怎麼決定他們都願意幫助你吧？」

「眞的嗎？」

「當然是眞的。」

「好吧，」我站起身：「等我一下，我要去告訴爸媽我的決定。」

然後我走出房間，蘇可欣尾隨在後。

我走到客廳，聽見電視的聲音，聽來像是我們家常看的八點檔連續劇，我繼續往前走。

「我決定了，」邊對爸媽說邊往電話的方向走過去：「我要留下小孩，小孩我要自己養。」

我以爲爸媽會表達一點自己的意見，但是媽媽只是冷靜的看著我然後問：「你確定要這樣做？你要對你自己的小孩負責喔！」

那表情像是逼得我不得不宣示似的，「我確定。」等到我開口，馬上就發現自己的聲音，多多少少隱藏著一些些不安情緒。

「這樣你就不再是一個人了，」媽又強調：「你要當個負責任的媽媽喔。」

爸爸倒是一句話也沒講，連宣示也不願多和我說，只是繼續看著電視，對於我的決定，沒有太多的想法和意見。

「爸爸覺得呢？」媽媽問。

「她自己決定，知道該怎麼做就好了。」他的目光還是離不開電視。

我突然有點傷心，我也知道這個回答是我一直有所期待的，但是現在這種狀況，卻反而讓事情看起來狼狽不堪。

我拿起無線電話，走到房間去，蘇可欣一句話也沒說。

一直到我打了王阿姨手機，和王阿姨說明我要自己養小孩之後（王阿姨倒是對這個沒有太多的意見，她只是問我有沒有想清楚，我說有，她就告訴我她會負責辦理一些手續。）。

蘇可欣才開口對我說：「那你現那在是不是要去買娃娃床和衣服？」

「這我倒是沒想過，」我承認自己很荒謬：「不過，好像眞的該買了。」

「那我們下個周末去買。」

「好啊！」我隨便應和著，感覺她比我還積極。

「男生的衣服是要藍色的，」她邊思考邊念著：「我知道有一家賣小孩東西的還不錯。」完全陷入在購買小孩東西的物欲之中。

對於我現在當下的心情，一點也不在意。

9

我和蘇可欣一起到百貨公司的兒童用品館逛逛，有很多爸媽陪小孩買玩具，也有不少孕婦和先生一起來選購嬰兒用品。我們不會在這買，這裡是白領階級父母才會購物的地方，我們純粹只是想看看小寶寶東西而已。這裡的東西很貴，我可能連一隻襪子也買不起。

我們只是摸摸和看看，蘇可欣甚至每個玩具都試玩，只要上頭寫著「試用」她都不放過，所以整個玩具間被她弄得很吵。

我們一直玩到將近晚餐爲止，才趁店員小姐沒有抓狂之前離開百貨公司。

不過我們的心情卻很放鬆，看到這麼多可愛的東西，可愛的小朋友（有一個我不認識的小妹妹，還來摸我肚子，我感動得都快哭了。），逼得我竟然對於自己的小孩長相感到好奇，雖然不一定是永久的，但是至少我起了這個小小的想法。

「你有沒有想吃什麼？」

等我們走出百貨公司天色都已經變暗了，「都可以啊！」我說。

「這附近有一家魷魚羹麵很好吃，」她馬上提出建議：「我們去吃好不好？」

「可以啊！」我點頭表示贊同。

已經有好久沒在外面吃飯了，哪怕是像這樣的小攤子也好，和爸媽吃飯時總是讓我感到不自在，每次都狼吞虎嚥，事後再到廁所嘔吐，弄得自己不舒服，也沒吃飽。

「老闆兩碗魷魚羹麵！」蘇可欣邊說邊引領我走進店裡。

如果是以前我可能還會對於羹麵類的東西遲疑，因爲拌太白粉的東西其實有很高熱量，加上現在又是晚上，平常別說吃到這種高熱量的東西，我就連晚餐也是不碰的。

我們一邊看著電視，有一搭沒一搭的回應，有時我會看看店外，有時會轉過頭瞧一下電視。

「魷魚羹麵！」替我們送上麵的，是一個年紀三十多歲的女人，她動作很快，從我們進來到現在她還沒閒過。

而且她也是一位孕婦，不過肚子比我小，所以當她送麵時不免往我肚子這看，我自然也忍不住往她肚子瞧。

「她也懷孕了耶！」蘇可欣笑著對我說。

「嗯，」我點點頭；「剛剛有注意到。」

我雖然在和蘇可欣講話，但視線還是偷偷往孕婦那兒看去，她眞的很忙碌，一下子下麵，一下子端麵，一下子還要點菜，甚至她還蹲在路邊開著水龍頭洗碗。

「我覺得你比她好命多了，」蘇可欣突然這樣說：「你可以在家待產，她卻要在這裡辛苦。」在我還沒來得及回應她時，她連忙解釋：「我不是說你好命，但你看她挺著大肚子拋頭露面工作，不是很辛苦嗎？」

我沒說話，她的確是很辛苦。

但是她至少有丈夫或家人吧？

她的家人和朋友等待著這個小孩出生吧？問題是沒人等待我小孩的出生啊！

我很想這樣回答她，但始終沒說出口。

這個媽媽也眞辛苦，她正坐著小凳子，彎著腰在路邊用水龍頭洗碗。那是一個大鐵盆，裡頭有堆積如山的碗盤，她因爲肚子大了，所以腳開得很開，因爲肚子大了，所以懸在半空中，加上這般冷天氣，眞不曉得那盆洗碗水，會不會將她的手凍僵。這時，她的老公從裡面房間走出來，一臉疲倦的走向她，和她打了招呼之後，繼續往工作台走去，我還以爲他會叫老婆不要洗呢。

這時剛好有一個客人走了進來，「裡面坐喔！」老闆娘雖然這麼說，但是卻連頭也沒抬，還是嘩啦啦的洗著那些碗。

「要什麼？」老闆似乎把焦點放在這些剛進門的上班族小姐身上。

「兩碗魚酥羹粄條，一碗魷魚羹麵。」而這些打扮新潮的OL也只是將焦點放在要不要吃小菜或者要不要加辣這些事情上。

我看了心裡突然好有感觸，也許是因爲現在自己也懷孕的關係，以前我當然是沒這種感覺。以前的我，只覺得懷孕好胖！我才不要懷孕！我要當個漂亮的女人。

現在我知道懷孕是什麼感覺，也知道這些孕婦有多偉大，當然，這也是因爲我當了孕婦，我才會有這種感覺。

我們吃飽結帳的時候，老闆娘正好要起身，我本來想去扶她一把，但是蘇可欣卻搶先了一步。

可欣向來就是行動派，只要她覺得是好的，是對的事，她就一定會去做，不像我總是很遲疑也很掙扎。

這也許也是她一直願意和我一起的主要原因吧。

10

生產的當天和平常沒什麼兩樣，我就坐在房間上網，順便瀏覽一下大家的部落格，雖然我知道她們也許很討厭我，惠廷也許看不起我，但我還是會常常上去看她的部落格。

惠廷有很多自拍照片，大部分都很漂亮，她的眼睛會自信滿滿的看著螢幕，不過每張照片感覺都差不多。唯一會變得大概就是她的男朋友吧，因為不同男生，pose當然不一樣，雖然她的臉總是如出一轍。

她有很多本自拍相本，她的部落格如同她在學校一樣，紅得發紫。

不過我卻沒有很常去看她的照片，除了照片都一樣之外，我可不想影響胎教，這是蘇可欣告訴我的，她有次拿了張外國小孩的照片給我：「這可以給你當胎教。」她對我說。

照片上的寶寶很可愛，藍色眼珠金色頭髮，還有模特兒緊緊抱著他，我馬上就發現這是一張有名的鑽石品牌。

「這樣哪能做什麼胎教啊？」

「你不知道嗎？」她驚訝的看著我：「小孩會因爲媽媽身邊的事物而影響。」

「比如你常看這個寶寶的照片，」她解釋：「那寶寶就會和她一樣漂亮。」

「所以你是說，」我又確認了一次；「我常看什麼，我的寶寶就像什麼囉？」

她點頭如搗蒜：「沒錯！就是這個意思。」

這時我不免擔心起來，因爲我昨天晚上趁爸媽在睡覺，爬起來看《德州電鋸殺人狂1》我希望我的小孩不要長成那樣，還拿著電鋸殺來殺去。廣告期間我有轉台，正好看到在介紹一群新的偶像團體，雖然我沒有很喜歡他們，也知道他們大概也紅不久，但至少我希望自己的小孩長得要像他們一樣，充滿活力和自信。

自從可欣告訴我那件事後，我開始對於自己要看的東西謹愼，所以自然就很少去翻一些朋友的網路相本了。

今天不知道爲什麼，突然想點惠廷的相本，她果然又新增了很多相本。我直接往上頭閃爍著new的那本點下去，一張又一張的點閱。唯一讓我覺得忿怒的事，惠廷又更加漂亮了，而且看起來好瘦好瘦。不像現在的我，毛孔粗大又難看。

我現在在家連隱形眼鏡都不想戴，有時還因爲肚子太大懶的洗澡，我又怎麼可能去和她比較些什麼呢？

我一張又一張的看著，突然覺得肚子有點痛。不過我的手還是在滑鼠上，只有另一隻手微微地輕撫肚子。我繼續一張又一張的照片點，果然過了一陣子又不痛了。我大大鬆了口氣，然後關閉惠廷的相本，想到她的網誌去看看，她的網誌總是只有幾個字或幾排，不像蘇可欣洋洋灑灑。

在我將網頁跳到網誌時，我的肚子又抽痛起來，我連忙將滑鼠放下，螢幕正好在惠廷的網誌首頁，她非常自戀的將照片當作網頁。那是一張她穿著比基尼向海灘望去的照片，看起來很性感，而且還很瘦！她的身子向前傾，一臉曖昧得盯著前方。

我就在螢幕外和她的眼神交會，兩手扶著肚子，慢慢感受現在疼痛。距離我預產期還有一星期，醫生早就告訴我要注意自己陣痛的狀況，如果是陣痛就要小心了！那代表小孩已經待不住了！我慢慢感受疼痛，看看它是陣痛，還是單純的想上廁所。

就在我感覺到、確定眞的是陣痛時，我馬上感覺內褲溼溼的，這下子我終於確認小寶寶要臨盆了。

我非常緊張，這種緊張感和一開始知道自己懷孕的緊張，沒有太大差異，都一樣可怕。

「我要生了！」我忍不住大叫起來。

爸爸上班還沒回來，家裡只有我和媽媽，她趕忙替我叫救護車，因爲我的子宮開始快速收縮。寶寶好像待不住了，隨時要出來一樣。我不安的大吼大叫，媽媽不得已只好邊推我邊將我送上救護車。

眞的難以想像，前一秒我還是個大肚婆，後一秒的現在，肚子裡的小異形簡直是要我的命。更讓我自己生氣和恐懼的事：我幹麼沒事在預產期這幾天看林惠廷照片啊？我邊在救護車裡邊呻吟，腦子裡努力和寶寶抗戰。

拜託！拜託！孩子可千萬別像林惠廷這樣自私。我內心一直不斷禱告著，甚至完全忘了自己生的其實是一個男寶寶。

護士小姐將寶寶送到我手上時，我感動的哭了，雖然爲了懷孕這件事，我流了很多眼淚，但這一次的眼淚和其他時候不一樣，是有點高興，甚至還帶了點尷尬。

這醜醜小小的小傢伙，就在我懷裡，還是我「製造」出來的，很難想像這一切是怎樣的狀況，等到實際去做，實際遭遇了，才知道生命是個很簡單很奇妙的東西。我的子宮對我來說，更有著其他重大的意義。

「他眼睛很像你。」蘇可欣說。

我聽了很驚訝，也很高興，因爲小嬰兒的眼睛又圓又大，炯炯有神占據了他的小臉。

「哪有！」

「有啦！」蘇可欣說；「他的眼睛好傳神，和你好像。」

我知道自己再也隱藏不住笑容了，這是一個很健康很可愛的小寶寶，而且還是我生的。

我很慶幸沒把他送給別人養，不然會鐵定會後悔的。

11

我真的快瘋了！

澈澈底底發瘋！

我不是開玩笑的，這個小孩子生來就是折磨我的惡魔！

從早上到半夜，每隔兩小時就大哭一次，你不理他，他越是哭，根本就是上天派來整我的魔鬼。

我抱著他，明明餵過奶了，尿布也沒溼，但他就是哭，哭的呼天搶地，非得把每個人都吵醒不可。

都怪我媽，她明明會照顧小孩，卻不讓我把娃娃床放在她房間，現在可好了，我一個人大半夜和他抗戰，他一點面子也不給我，只是一直哭一直哭。

現在是半夜三點，我氣得將他放在娃娃床，我躺回床上，將枕頭蒙住頭，假裝沒聽到他在哭，我完全搞不懂他爲什麼要一直哭！難道他就不能好好睡覺嗎？就在我這麼想的時候，房門被打開了，我看見爸媽一臉睡眼惺忪的望著小孩，接著又看看我。

「到底在哭什麼？」爸問，不過是對我問。

媽媽很自然的將小孩抱起，然後輕輕哄著他。

「我怎麼會知道？」我忿怒生氣回答。

「你難道不能讓他安靜嗎？」

「我沒辦法啊，」我抱怨：「我一放下他就一直哭！一直哭！」

「那你就抱著他啊。」

爸爸似乎生氣了，但我卻因爲忿怒還沒發現，只是生氣的回嘴：「媽媽明明比較會照顧，爲什麼你不幫我顧！」我邊嘀咕邊咒罵：「我也需要睡眠啊！眞的好累！」

「這是你闖的禍，你還要別人來幫你承擔嗎？」爸爸對我怒吼。

本來志偉（我兒子）已經停止了哭聲，現在因爲爸爸的吼聲，他又立刻大哭起來。

「我明天要上班，你媽明天還要整理家裡，」他也不管志偉哭，就只是指著我罵道：「你的日子已經過很好了，當初是你自己選擇要照顧小孩，現在你還有什麼好抱怨的？」

「可是他都不好好睡覺啊！」我邊哭邊說。

「這是你的工作！」爸爸將志偉從媽媽手中抱起：「也是你的責任！」然後硬將他放在我的懷裡。

接著他拉走媽媽，只留下我一個人抱著寶寶，他還是在嚎啕大哭，幾分鐘之後，我將他放在我床上，接著我也嚎啕大哭起來。

我討厭這份工作！也不想要這個責任！

我疲倦的躺在床上，蘇可欣正在和志偉玩，現在的他又變回個小天使，什麼都小不隆咚，還有陣陣奶香。

可欣一直在逗他玩，他很開心，雖然現在笑沒有聲音，但是還是很可愛。

「志偉眞的好可愛。」她對我說。

我側躺瞄了他一眼，摸摸他的小臉，只見他安靜的望著天花板，像個小天使。但只有我最清楚，他是個十足的小惡魔，又哭又鬧，每晚都把我弄得很狼狽。

「現在學校開始要申請大學了，」可欣將學校的事報告給我聽：「希望我申請就上了。」

她偶爾會報告學校的事給我聽，不過機會少之又少。

我想她大概也知道，我很不喜歡聽學校的事，那些傢伙不像我這麼辛苦可憐，他們過得是高中生的生活。

「是喔？」我想帶開這個話題，所以顯得很沒興致。

但可欣並不這麼覺得，她繼續說：「我想上法律系，」她因爲夢想臉頰發光發紅：「我準備了好久好久，當個律師是我的夢想。」

這下我開始生氣了，「那又怎樣？」我起身問道：「你以爲就只你有夢想嗎？」我想到我的夢想是當一個化妝祕書，現在的我根本沒機會再拿起化妝筆，說來可笑，我連幫我自己化妝的時間都沒有，我想到就好想哭喔。而且我也好久沒出去走走了，每次都要待在家照顧志偉，我眞的快被悶壞了，爲什麼就沒有人替我想想呢？

「我知道你也有夢想啊。」可欣被我的言語驚嚇到了；「只是有了小孩本來就不應該擁有夢想。」

「你認爲這個小孩是我自己要生的嗎？」

「我知道不是，」她連忙解釋。

但我打斷了她的話：「你的意思就是我活該我倒楣？」

「我沒有這個意思，」她緩緩站起身：「對不起啦！」

「你就是有這個意思，你認爲我活該！」

我漲紅著臉望著可欣，兩人一語不發沉默了許久。

「我眞的沒有覺得你是活該的意思，」她又再次解釋：「我覺得會生下小孩是一件很勇敢的事。」

但是我不再做聲，我的心情因忿怒和疲憊而痛苦，想不到就連蘇可欣也無法諒解我，我眞的是好生氣好生氣！

「你根本不是我朋友，」說完之後我馬上後悔了：「一點也不能了解我的痛苦。」但是我不但無法住嘴，反而更加變本加厲的說。

我的態度和內心不成正比，其實我很後悔和她抱怨這些事，我也知道其實都是我的錯，但是我卻無法對這件事眞心表達出來。只是覺得忿怒和疲倦，每晚的睡眠不足，讓我越來越力不從心。又聽見可欣講得這番話，著實讓我失去了理智，我也有夢想，也有想做的事，爲什麼我的人生會變得這麼痛苦難過呢？

蘇可欣沒回答我，她只是又輕輕摸了志偉，然後用極具冷靜和平穩的語調說道：

「我先回去了，還有很多事要忙。」

她連看都沒看我一眼，這下我可以確定她眞的是在生我的氣了。她不是一個會把情緒表達出來的人，所以當她有了異於平常的動作和行爲，就代表她是眞的在生氣。以前的她總是捨不得離開志偉，每次都和志偉玩好久，玩到吃晚餐了才意識到要回家。

「拜拜。」一說完，她就默默走出房門。

我本來要叫住她，和她道歉，但是我還是說不出口，就只能眼睜睜的看著她離開，不道歉也不願挽留。

12

我不知道蘇可欣是不是在忙申請的事，還是她還在生我的氣，總之，她已經有將近一個月沒來看我了。

雖然我很想念她，但我還是沒有辦法拉下臉打通電話和她道歉。

「我能不能帶志偉出去？」我眞的快被悶壞了，就在和蘇可欣冷戰後的某個星期五，我將志偉放進嬰兒車，換上好久沒穿上的外出服。

我眞的覺得很疲憊，也很無聊，以前可欣會天天來找我，至少我有個說話的伴。但現在少了可欣，我連說話的機會都沒有，志瑋可愛歸可愛，但我講話時也從不會和我互動，這小傢伙連笑都沒有聲音，偶爾喉頭發出咕嚕聲，但僅限於此。

「好啊。」媽媽正在洗碗，她連頭都不回就答應道：「不過你要小心一點，現在不是只有你自己一個人。」

我爲了避免她再囉嗦，連忙配合她道：「我知道。」我邊說邊將志偉的娃娃車推到門口：「我會小心照顧他的。」

「好。」她轉過頭，又看我一眼：「確定安全帶有繫嗎？」

拜託？她以爲志偉有多大啊？還是我要帶他去飆車？他連身體也不太會動，就只會動動腳動動手的，根本不會亂動。

「有。」我拉了下他胸口的安全帶：「絕對妥當。」

媽媽點點頭，我趁她還沒想到要對我說什麼前，連忙一個箭步走出家門。

我邊推志偉邊想著要去哪裡，推著他說實在也不能坐車去太遠的地方，這樣眞的太不方便了。

一想到剛才我一階一階從樓梯慢慢將他「蹬」下，雖然他沒哭依舊故我的睡覺。但我還是覺得膽戰心驚，就怕這麼一蹬，就飛出車外了。

所以，我只想帶他去附近走走逛逛，本來我要帶他去公園的，但一想到我很惹人側目，就沒有勇氣帶他去公園走走，那邊的婆婆媽媽太多了，我才不想因爲這樣子而招來一大堆疑問。還有一點就是，其實我滿想可欣的，我想去看看她，也想和她道歉。可是，現在還是上學時間，可欣家又住汐止，離我家又太遠，我百般思考，雖然很不想這麼做，但是還是決定非得去不可。

我推著志偉，在下個紅綠燈左轉，來到了我又討厭又害怕的地方，學校。我站在門口等著，沒來由的胃痛，我眞的好討厭學校，如果我小孩以後不想上學，我絕對絕對不會強迫他。

以前我一直以爲是因爲沒有人注意我，沒有男生喜歡我，我才不喜歡上學。後來眞的有男生注意我，喜歡我，讓我成爲了焦點人物，我以爲會很快樂，但其實沒有眞正快樂過，雖然說，因爲惠廷的關係而成名，但我也同時在她的淫威之下過日子。也就是說，我以爲我會快樂，但是我沒有。

我聽見熟悉的鐘聲響起，忍不住回想從前是多麼期待這個鐘聲，我們會約好去唱歌或吃飯，聊天和說八卦。如今，對於這個鐘聲，我竟然莫名懼怕起來。

鐘聲之後緊接著是轟轟大響，全校幾千名學生開始喧鬧，因爲放學而興奮。學生陸陸續續走出了校園，我只好往後退，將志偉帶到校門的左側，可欣通常都往左走，因爲她要在左邊馬路的站牌搭車。

我若無其事的站在旁邊，有人看著我，我知道這不是錯覺，因爲可以很明顯感覺到視線和竊竊私語的壓力。

「那個不是？」或者「好像是她？」

我巴不得找個地洞鑽進去，我又想見可欣，學校的事已經不再是我永久的壓力了，頂多回到家哭一哭就沒事了，和可欣道完歉就沒事了。

對！就是這樣！

「徐雅曼？」我才剛這樣想，馬上就被別人一眼認出來：「你怎麼會在這？」

我努力抬起頭勉強微笑道：「我來找朋友。」

「朋友？」她一臉茫然的問：「我不覺得你在這還有什麼朋友啊。」

我的臉一陣慘白，但我知道她可能是無心的，這個人就是向萱，她講話總是一副沒大腦二百五的樣子。

「嗯。」我額頭開始冒汗，如果她在這，那惠廷絕對距離不到五十公尺。

「我可以看看你的寶寶嗎？」她對我說。

「可以。」我感覺自己全身無力，老天！我好怕碰到惠廷喔！

她逗弄著志偉，把志偉逗得呵呵笑（**當然啦！是幻想的呵呵笑，他根本笑不出聲。**）我看著志偉笑，卻半點笑容也擠不出來，眞希望可欣能早惠廷一步出現。

「你的小孩好可愛喔。」她說：「小孩眞的很可愛，所以我就說惠廷幹麼拿掉小孩呢？」她的話暫時占據了我的恐懼。

惠廷拿過小孩？「你說誰拿過小孩？」我以爲我聽錯了，故意又問了一次。

「我什麼都沒說啊，」她吐吐舌頭，一臉就是「千萬別再過問」的樣子：「我只說寶寶好可愛。」

向萱除了講話二百五之外，她也是一個口不擇言的人，常常話說得比腦子跑的還快。

「好吧，那惠廷最近怎樣了？」我放棄逼問她任何事了。

「還是一樣啊，」向宣兩手一攤：「不過她之前很生你的氣。」

「爲什麼？」

「因爲你爸到學校告陳立傑，害學長被退學了。」

這件事我到現在還是沒有向爸爸求證過，不是沒有機會，是我不知道該從何講起。

「是喔。」我盡量帶過這個話題。

「那時惠廷和學長正打得火熱，」她邊戳志偉小臉邊說：「一聽見學長緊急休學，她眞的氣得半死耶。」

「是喔。」

好極了！我現在更怕看到惠廷了。

「你兒子長得好像學長喔！」她指指他的嘴脣：「尤其是嘴巴這裡。」

我聽了不知該做何感想，立傑是很帥，女孩們也都喜歡他，但我不希望志偉和他一樣，是個糟糕透頂的男人。至少他的兒子不要在高中就莫名生出來，還連帶不想負任何責任。

「哼。」我可以感覺到有陣涼意，接著就聽見惠廷的聲音，然後就看到她出現在向宣旁邊。

我連忙低下頭，滿臉通紅，突然覺得我的兒子對我一定很羞愧，他的媽媽到最後還是沒有辦法面對這樣的恐懼。

拜託！你已經是一個小孩的媽了耶！你到底在懼怕什麼？我的腦子裡不斷回響著這些話，但顯然一點效果也沒有。

我感到坐立難安，動彈不得。

「我不敢相信你還會有臉來學校。」她冷漠的對我說。

「你是不是摸過這小鬼？」又對向萱說道：「最好還是把手洗乾淨，再跟我講話吧。」

「你憑什麼這樣講？」瞬間我的理智開始瓦解，我一說出口馬上後悔了。

向萱的臉也脹紅著，現在她也無話可說了。

「小孩的父親都不要他了，」她抬高鼻子道：「你還有臉生下來？」

我眞的好氣好氣，她憑什麼這樣講？又憑什麼在我的小孩面前講這些？我也好氣志偉晚上都不睡覺，也氣爸媽什麼事都要我自己決定，也沒想過我才十八歲，更氣我幹麼生他，氣我從來沒想到自己發生什麼事，就只是老是滿足自我的虛榮。

路邊的學生開始往我們方向看過來，好像是哪部電影正好在這取景，她們看著，但不是仔細看，就只是匆匆一瞥。

我感覺我的眼淚又開始不聽使喚的滑出來，我已經好久好久沒有哭了，因爲我連哭的力氣都沒有。雖然我也有想過和志偉一起哇哇大哭，但我從來沒有實際去做過。因爲我總是提醒自己要冷靜，不能丟著志偉在那邊吵在那邊哭。我整張臉都被鼻涕和眼淚占據，惠廷繼續咄咄逼人，我連聽都聽不清楚，腦子一片空白，覺得好丟臉、好無助。

「ㄟ！」蘇可欣總算出現了：「你爲什麼在這裡？」

我沒有回答她，不過我想她看到惠廷應該就知道是怎麼一回事了。

「你幹什麼！」可欣說。

「沒有啊！」惠廷擺出她高姿態的架勢：「只是覺得她丟女人的臉。」

「你才丟女人的臉！」可欣大叫起來：「動不動就和別人上床。」

「我總比你這個處女好吧？」

「是啊，你以爲小孩拿掉就沒事了，眞的是太可笑了。」

「你！」我想在場的人鐵定對於可欣知道這件事相當驚訝。

惠廷已經氣到說不出話來了。

「小孩生出來有什麼用？」她深吸口氣繼續說：「別人又不承認。」

「我說你，」她指著我道：「眞的是白癡！你以爲學長愛你一輩子？還和他生孩子？連個避孕藥也不會吃！」

我已經夠難過了，聽到她這樣一講，我更加傷心難過，偏偏志偉這時又突然大哭起來，我連原因也不想探究，全身麻木動彈不得。我鼓起好大力量抱起志偉，差點因爲手滑而把他摔在地上。

不管我怎麼努力哄，他就是要哭！就像我晚上想睡覺，我怕爸爸罵，反正他就是要哭！我的悲傷轉爲些微的忿怒，我狼狽又難堪，學生們經過我身邊，就好像在想：怎麼會有一個和自己同年齡的女孩在抱一個小孩呢？

惠廷忍不住冷笑起來，我發著抖，全身無法行動。

就算她不說話，我也知道她是多麼看不起我，她從沒看得起我過，現在她對我的評價更低下卑微了。

「我看看。」可欣準備要接過志偉。

我愣愣的將志偉送上她懷裡。

她哄著志偉，雖然他一直哭，她還是哄著。

我感覺到雙手從沒這麼放鬆過，沒有錯，當你把責任轉移到別人身上時，你就不會感覺那麼糟糕。就在我這麼想的時候，接下來我做了件連自己想都沒想過，也沒思考的事。

我轉過身，她們並沒有叫喚我，就只是眼睜睜的看著我這麼做。

是的！我逃跑了！

我丟下可欣自己逃跑了。

我也丟下我兒子逃跑了。

當我跑過好幾個紅綠燈，好幾條巷弄時，我氣喘吁吁，心臟快被炸開。已經很久沒有激烈運動了，所以，除了體型變大之外，當然體力也大不如前！可是我心中只想著一件事，我總算甩開了志偉。澈頭澈底的遠離他，再也不需要在尿布堆和奶瓶裡掙扎了。

等我確定自己安全之後，接著馬上發現新的問題和恐懼：我到底應該要去哪裡？當下只想到要把志偉丟給可欣，但是卻完全忘了自己根本沒有地方可去。

說來可悲，當我意識到這點的時候，人早就在一條毫無人煙的街道上了，而我現在除了少許的零錢和手機之外，沒有一樣可以讓我浪跡天涯的東西。

其實我也不一定要浪跡天涯，只是想好好休息一下，讓自己放鬆。讓自己逃離每天待在家，面對不是奶瓶就是尿布的可悲命運。

不過身邊沒有朋友可以讓我安定，也是很大的問題。我的朋友就只有可欣，但是我現在把我的問題全丟給了她，自然不能再找她和見面。

惠廷和向萱不能算眞正的朋友，惠廷甚至不想把我當作同學看待。

我開始放慢腳步，一邊思考一邊衡量，不曉得自己到底該何去何從。就在我漫無目的在街頭漫步時，我的手機在這時卻響了起來，當下我並沒有立刻接起話筒，只是看了看來電的人是誰？

蘇可欣。

現在回頭還來得及，我告訴自己：可欣不會告訴爸媽，我可以和她碰面抱回小孩子，這一切就當作什麼都沒發生。

可是只要一想到馬上就要回家面對志偉，不能做自己，不能好好休息，連一點點自己的時間都沒有，我就突然好想哭。

想到這我的眼眶又泛紅了，我才不要回去，至少不是現在。

可欣打了幾次電話，最後我決定不接了，將聲音轉成震動，然後我找了位子坐了下來，開始想自己到底要去哪裡。

就在我最後一次手機震動時，可欣已經不再找我了，她只傳了一個簡單的訊息給我：我沒辦法照顧志偉，所以先把志偉送回家了，你發生什麼事了嗎？請跟我聯絡，我很擔心。

我沒有打算現在要打給她，或者回她簡訊。因爲我知道可欣一定會要我帶走志偉，我現在不想看到那個小惡魔，至少現在不要。反正志偉在爸媽那也可以過得很好，他不會有問題的，我現在只想要屬於我自己的私人時間，我眞的不想絕對不要再去親近志偉了。

我試著在手機通訊錄找有沒有可以幫忙的朋友，只可惜那些朋友都和惠廷有關，就算沒有關係的，也好久沒有聯絡，我的死活他們根本也不會在意。最後就在我萬念俱灰，心灰意冷的狀況下，我看到了一個名字：**王阿姨**。

我想她應該會收留我一段期間，如果她要我怎麼做，要我幫忙我都願意，只要不讓我露宿街頭就好了。

於是我下定決心傳了個簡訊給她，因爲我擔心她會拒絕我：王阿姨我是雅曼，我逃家了，現在沒有朋友幫忙，不知道你能不能讓我住一天，只要一天就好了，拜託。

我才確定剛傳送完成，她就馬上打來了。

「雅曼，」王阿姨一劈頭就問我：「你現在在哪裡？我去接你。」

「我在我們學校附近的一個市場旁邊的公園。」我說，同時把大概的路名報告給她知道。

「好，你乖乖在原地等著，我馬上去找你，不要亂跑喔。」

「好。」

王阿姨來接我的時候，看來非常緊急和擔心。

而我一看到她，自然是忍不住哭了出來，我好感激這時還有個人願意對我伸出援手。

她帶我到一間餐廳吃飯，等我們情緒都穩定下來之後，才想到要問我些什麼。

「你怎麼會跑出來？志偉呢？」

「志偉在家，」我想著該怎麼回答：「我只是想要一點自我私人時間，」講到這

我突然覺得自己好可憐，忍不住哭了出來：「志偉晚上都不睡覺，一直哭，爸媽還一

直怪我。」

「沒有人願意幫我照顧。」我邊說邊哭，把這段期間所有的不滿全宣洩出來：「我眞的只是想好好休息。」

王阿姨聽了，只是嘆了口氣：「那你爸爸媽媽知道你在我這嗎？」

我搖頭。

「我可以帶你去我家，我家只有我一個人，兒子媳婦都大了，家裡只剩我一個人而已，」她說：「不過你必須要打通電話給爸媽，讓他們知道你很安全。」

我答應了，雖然我根本不想打。

「可是我怕爸媽會叫我回家，」我對王阿姨坦白道：「我現在眞的不想回家。」

「這樣好了，」王阿姨想了想說：「我先打去你家告知你爸媽，然後你試著和他們打個招呼，好讓他們確定放心你很安全。」

「好。」我妥協了。

其實我希望王阿姨自己跟他們講就好了，可是我也不敢要求太多。

王阿姨拿起手機，直接撥給了爸媽，我心跳得飛快，好怕王阿姨念頭一轉，也要我回家。

「我是基金會王麗美，鄭先生你好，對，雅曼現在在我這邊，」她看了看我繼續說：「她說想到我這住幾天，不知道你那邊能不能答應。」她就像是回答爸爸的問題似的：「對對，嗯，好，沒問題，不會，這一點也不麻煩，雅曼是好孩子。」她對我微笑，從她表情看來我馬上就知道爸爸是答應了。

「那你要和雅曼說一下話嗎？」我害怕的準備接過手機，拚命逼自己別再發抖。

「喔，不需要啊，」王阿姨又看了我一眼，接著又低頭說話：「好，那我知道了，我會跟她好好溝通的。」

「不會，嗯，沒關係的，好，謝謝，再見。」

爸爸竟然沒有接我電話！

我以爲我會因爲這樣而放下心中的大石頭，但卻意外發現自己的壓力和負擔更加沉重了。

但是換另一個角度想，至少我現在不用在受到他們的控制，也不用老是被志偉綁著，我是應該要開心的。

「王阿姨，」我勉強擠出幾個字：「謝謝你。」

「不要跟我客氣，」她說：「你爸爸說小孩他們會照顧，你乘機好好休息一下也好。」

我不想去猜測爸爸說這句話眞正的想法和可信度，也不願去想他是不是因爲王阿姨是外人而不願說得太難聽。

「嗯，謝謝，」我想到我要讓可欣知道，於是我傳了封簡訊給她：剛剛對不起，因爲我壓力眞的好大，我這幾天會住王阿姨家，看打算怎樣再跟你聯絡。

我一傳出去，馬上就接到可欣的回傳：好，沒關係，自己小心一點。

我這才又大大鬆了口氣，想到自己總算可以好好休息了，我整個人有總如釋重負的感覺。

當天晚上，王阿姨帶我回家，大概帶我熟悉一下環境，拚命強調我可以把這裡當作自己家，並告訴我要住多久都沒有關係。

此時此刻，我對眼前這個認識不到一年的婦女，感到心存感激。

13

我以爲我在王阿姨家只會住幾天而已，至少不會超過一個星期，但我卻整整住了將近兩個月。

王阿姨是素食主義者，偶爾會跟我聊上幾句，但大部分時間她都和基金會的義工們，一起爲了和我有同樣遭遇的女孩努力。

她不會告訴我工作情形，但我有時會不小心偷聽到她談話的內容，有些女孩不生，有些女孩墮了好幾次胎，有些女孩打算出養，有些女孩和我一樣。

我通常都待在自己房間，以前是她兒子的房間，翻翻他兒子的書本或什麼的，這裡的重要私人物品幾乎都拿走了。

這之中最愉快的就是：我可以好好睡覺了，我再也不用擔心志偉會哭，我會挨罵。

我常常睡到快中午才起床，王阿姨多半都已經出門，她會將早餐買好放在客廳桌上，我通常是一邊看電視一邊吃。

喔！電視！我已經好久沒有看我喜歡的節目了，現在就算只是拿著遙控器轉台，我也是心存感激。我知道自己過這樣的日子很自私，所以我也沒臉打電話給爸媽，有時可欣會打給我，但我總是不敢接，假裝故意漏接電話。

我不曉得可欣會怎麼批判我？她會直接說我是一個不負責任的媽媽嗎？

我不否認，自己的確是一個很糟糕的媽媽，但自由和舒服的誘惑力實在好大，我現在可以好好睡覺，好好看自己喜歡的節目，再也沒有尿布和哭聲，實在是再美好也不過了。

這樣的日子過了將近兩個月，這種悠悠哉哉的日子，雖然讓我充滿罪惡感，心裡還是有些想念志偉，但已經都不這麼重要了。

我撥開塑膠袋，王阿姨通常買豆漿和蛋餅給我吃，我醒來的時候大部分都冷掉了，但我一點也不在意，這種日子眞的太舒服了。我將手機放在桌邊，肚子正餓著，於是先吸了口豆漿。這時我的手機響了起來，我邊咬吸管邊探頭看，我以爲是可欣打來的，因爲這段期間她已經陸陸續續打給我過幾次，雖然我都沒接，但是她還是常打來。

我現在不想回家，也不需要被誰勸說要回家。

我邊看來電號碼，差點被豆漿噎死，來電顯示竟然是家裡的電話。

我又開始擔心害怕起來，忍不住猜想，家裡是不是發生什麼事？不然怎麼會打來。我一直在掙扎到底要不要接電話，任憑電話一直響，也不願接起。

接著，對方就沒再打來了。應該不是什麼重要的事吧？我忍不住對自己說。

我一直告訴自己如果家裡眞的發生什麼事，爸媽會再打來，絕對不會只打一次。現在只打一次，就代表根本沒有事發生。雖然我心裡這麼想，這會早餐也吃不下了，我開始感到胃痛和噁心，搞不懂他們幹麼現在打給我。

我盯著電話，好像它是顆炸彈，隨時會爆發，然後突然之間，它眞的又震動了起來。我以爲是家裡打來的，正準備要接時，才發現是一封簡訊。

我大大鬆了口氣，至少這樣我就不必再承受要不要接電話的壓力了。

雅曼，志偉感冒生重病了，一直要找媽媽，你可以回來一下嗎？

傳簡訊的是蘇可欣，我想是因爲爸媽不大會用手機，所以拜託她傳過來的吧。

一聽見志偉生病，我突然好擔心，我將早餐丟在旁邊，再也吃不下一口，就好像多吃那一口也顯得罪過。

我的確是很罪過，因爲我丟下了自己兒子在這逍遙許久，然後現在兒子生病，我又無法馬上照顧他。

我突然好想回家去抱抱志偉。

可是我馬上想到，如果我一回家，就等於一輩子要照顧志偉，我不想這樣子，一點也不想，至少現在不要。

我知道現在自己這樣很自私，完全稱不上是一個好媽媽，但是我還是鐵了心將手機關了機。

反正志偉生病有爸媽會照顧，他那麼小才不會想媽媽，他只是不舒服在那胡鬧而已。

明天吃了藥就一定會好起來了，不是嗎？

我試著轉移自己的注意力，拿起蛋餅咬了一口，卻發現除了生冷之外根本就索然無味。

我忍不住哭了起來，因爲我眞的好想念志偉，好想抱抱他親親他，可是那種日子眞的太可怕了，我實在是吃不消。

終於我放下早餐，在沙發上哭了起來。

我哭倒在沙發上，王阿姨回家後才叫我回床上睡好，我並沒有告訴她志偉生病的事，因爲自私的我，擔心她會忍無可忍的將我送回家。

當天晚上我做了一個夢，夢見一個和我同年齡的男生，對著我微笑，原本我以爲那是陳立傑，後來我發現他只不過是長得和他一樣神似。

「你好，」他對我笑著說：「我是徐志偉。」

我一聽見他的名字，忍不住哭了起來，急著告訴他，我就是他的親生母親，不過他卻連個簡單的擁抱也不願給我，只是頻頻後退，緊皺著眉頭：「可是我媽從來不對我負責任。」

然後他望著我說：「我沒有媽媽。」

一聽到這句，我馬上驚醒，腦子裡浮現了他說得那句話，整個人冒著冷汗，我那麼辛苦的懷胎十月，他卻不願意承認我這個媽媽？

雖然只是夢，但想到就讓我好想哭喔。

我將手機打開，想看看可欣有沒有傳簡訊給我，因為我急著想知道志偉的消息。

結果才一開機，可欣就打來了。

我也不知道是因為我太難過太悲傷，還是我下意識早就不想躲了，最後我竟然迷迷糊糊接了手機起來。

「謝天謝地，」可欣在另一頭說：「你可接手機了。」

我沒答話。

「最近過得好嗎？」

「還好。」

「嗯，」她想了想：「你是不是該回來了啊？」

我還是不願多說。

「志偉生病了，而且他一直不給你爸媽餵藥，連奶都喝得很少，晚上也不好好睡。」

「你可以告訴我爸媽，」我故意帶開她的話題：「如果志偉晚上不睡覺，可以幫他抓他的小手，這樣他就會乖乖喝奶和睡覺了。」

「好是好，」她說：「可是你是不是應該回來照顧志偉啊？他眞的很需要媽媽。」

「我不想。」我花了很大的工夫才坦白道：「我只想好好休息。」本以爲會講得理直氣壯，但我的聲音跟螞蟻一樣細小。

「爲什麼？」

「因爲照顧志偉好煩好累，我一點自己的時間也沒有。」我開始哭訴，志偉晚上不睡覺，爸媽又不願幫我照顧，越講越委屈。

「可是他是你兒子，如果連你都不要他了，」可欣說：「那還有誰願意要他呢？」

我不再說話，事實上是無法開口說話，我哭得很傷心很難過，我不是一個冷血的媽媽，我也好想念他喔，可是一想到要回去照顧他，我又覺得好累。

「雅曼，」可欣像是想到什麼似的說：「你記得以前你都欺負我嗎？」

這個問題倒是讓我停止了哭泣，我怎麼會不記得呢？

「記得。」我本來還很擔心可欣是要跟我翻舊帳。

但是她並沒有：「可是我最後還是願意站在你這邊，願意陪伴你不是嗎？」她說：「我明白你只是一時犯錯而已，你其實不是一個爛人，」深吸一口氣：「所以在你發生問題時，我願意幫你。你想想，如果連我都遺棄你了，是一件多可怕的事，因為我知道你那時候需要我，所以我願意出現，」

「可是志偉不知道什麼時候才不會再這樣鬧，」我激動的回答：「我這樣好累喔。」

「志偉總會長大，」

「可是這段期間我該怎麼辦？」

「雅曼，那個時候也是你說要照顧志偉的，志偉現在需要媽媽，你不應該丟下他不管啊。」

「我知道我不該這麼做，但我真的是想好好休息，有了志偉一點時間也沒有，我睡也睡不好，每天生活都被他占滿了。」

「這是每個媽媽都會必經之路啊，」可欣溫柔的和我解釋：「我們小時候也是這樣。」

我是不知道我小時候會不會這樣啦，可是可欣好像完全不了解我的點：「我是眞的很累。」

「我知道你很累啊，」眞懷疑她是不是只是在重複我的話：「可是一開始是你說要照顧志偉的，你也很愛志偉啊，也許這只是一個過度期而已，等他稍微穩定一點了，就不會那麼麻煩了。」

「我不知道那要到什麼時候，我爸媽都不願幫我照顧志偉。」

對！我眞的好氣爸媽喔！他們就是要看我累得半死才高興。

可欣沒有直接回答我，只是嘆了口氣：「我現在講的話也許不好聽，但你要仔細想想，」她像是下了很大的決定說：「我想你爸媽只是要你受到一些教訓，你先不要生氣，因爲其實一開始是你的錯，你太愛玩才種下了這個果，我相信你爸媽不是想乘機整你，他們是希望你知道自己在做什麼。」

「我不懂，他們可以直接告訴我哪裡做錯了。」

「我覺得他們講不出口，」可欣語重心長的說：「因爲沒有人希望自己女兒小小年紀就當媽媽。」

我因爲情緒激動而說不出話來。

「我想他們是希望你長大，所以才把一切交給你自己決定。」

「可是我才高中而已。」我怯弱的回答。

「你現在不是高中生了，」可欣直截了當的說：「你現在是一個小寶寶的媽媽，你的孩子需要你，你就必須要盡義務，你的夢想，你的心願，至少現在，沒有機會實現。」

她的這些話好像打醒了我，雖然我不該做的做了，小孩也生了，但是卻老是忘記自己已經不是高中生的事實。

我還是想出去玩，卻總是自私的想著自己。

「我想我們的父母親一定也有他們未實現的夢想，但是爲了我們他們不得不放棄美夢。」

「嗯。」我從不知道爸媽會有什麼夢想，如果是以前，也許我會認爲老爸從小的志願就是當公務員，而不像我想當化妝祕書這種不切實際的理想。

其實爸媽是有夢想的，只是他們已經長大了，因爲他們有了小孩不得不長大。就像可欣告訴我的，小孩我都生下來了，我願意撫養他就代表我要長大。

我已經不是高中生了。

也許我一開始做錯了，但不代表我可以一直錯下去，至少我應該要好好教育志偉，不讓他變成一個像他老爸那樣可惡的人。

我邊想邊哭，一句話也說不出來。

我現在眞的好想志偉，也好想抱抱他，不但對他充滿愧疚，就連對爸媽也很抱歉。

「我要回去。」我說：「今天晚上就回去。」

「太好了，」可欣很開心的說道：「那我今天晚上會去你家看你。」

「嗯，」我繼續說：「還有很抱歉，我那天對你的態度很差，也謝謝你一直陪在我身邊。」

「拜託，」可欣在另一頭嘿嘿笑著：「我們可是好朋友耶。」

我點點頭，直到最後才了解眞正好朋友的定義。

當天晚上我和王阿姨道謝之後回到家，一看到志偉又哭了起來，才兩個多月不見，感覺他變了好多。

最重要的是，當我把他抱起來又親又抱的時候，他竟然輕輕的在我耳邊喊了一聲：媽媽。

擁抱

14

「喔！天啊！」徐雅曼才講到溫馨處，一不小心就被一個緊急煞車，給嚇了一大跳。

「對不起。」徐志偉回頭看了母親一眼，在這悶熱的季節，加上現在又塞車讓人顯得煩躁。

「好極了，」他用力拍打方向盤：「現在竟然塞車了。」他兩手一攤：「台北的路況怎麼永遠這麼亂啊！」

「這樣又要耽擱一些時間了。」蘇可欣說道：「不知道能不能趕上畢業典禮。」

「沒趕上就算了。」徐志偉顯得有些沒落：「拿到文憑就好了。」

「會趕上的啦，」徐雅曼安慰道：「我覺得我兒子有逢凶化吉的本事。」

「怎麼說？」蘇可欣問，她手上的書一頁也沒翻動過，剛剛正認眞聽雅曼說故事。

「這是我的感覺，」徐雅曼吐了舌頭說道：「因爲你一直是一個懂事的好兒子。」

徐志偉回頭看了老媽一眼，現在車子寸步難行，簡直就像陷入車海當中，他也不必擔心會發生什麼交通意外。

「好吧，」他把手放回方向盤：「反正車子也動不了，不如換我講一個故事吧。」

他清清喉嚨：「其實我並不是一直都這麼乖的，我也曾經迷失過自我，」他又看了看前方，確定沒有任何車子前進：「那是我十歲的時候，那時，我只在乎我自己。」

擁抱

徐志偉（十歲）

1

我很不喜歡去朋友家，因爲他們的組合就是和我家不一樣，他們的家庭成員是：一個爸爸，一個媽媽。

這對別人來說或許沒什麼好奇怪的，但我卻只有一個媽媽，我連半個爸爸也沒有。如果說我不渴望有爸爸絕對是騙人的，我好想有個爸爸，尤其是當我聽見誰誰的爸爸帶他們全家去玩，或者誰誰的老爸教她游泳，我就好氣我沒有爸爸。

我只有媽媽，她在一家DVD出租店工作，從我有印象以來，除了可以看很多卡通片之外，對於這些堆積如山的DVD，我半點好感也沒有。

ＤＶＤ店很忙，媽媽的老闆常不准她休假：「雅曼，我已經讓你上班照顧小孩了，你還奢求什麼呢？」

所以媽媽從來不參加我的任何活動，包括母姊會、運動會的，就連我幼稚園畢業典禮也是缺席。

不過這次她不得不來學校了，因爲我在學校闖了禍，理由很爛。

因爲作文課老師要我們寫一篇文章叫：**我的家人**。

我討厭這種文章，我的家人。我只有媽媽可以寫，別人還有爸爸，別人可以寫好多字，我卻只能寫一半。

我氣得說不出話來，所以第二堂的作文課我就蹺課。

我的導師霍肥（**同學私下幫老師取的外號**）他問我爲什麼蹺課，當時我在三樓和四樓中間的走廊，他很生氣。

我回答他：我不想寫那爛文章。

他不聽我解釋，我也不想和他多講，總之他扭著我的耳朵，就把我趕回教室了。

我坐在自己位子上，氣得半死。

坐我隔壁的林明齊在旁邊搭腔：「我知道你是因爲沒有爸爸寫不出東西來。」

林明齊的媽媽常常會跟媽媽租片子，一臉厚嘴脣，一看就知道喜歡說別人壞話。

「關你屁事啊！」我一火大，把鉛筆盒拿起來往他臉上砸。

下一秒，我就看到他滿頭是血了。

他的血由額頭滑過眼球，我們都嚇呆了，接著旁邊人也嚇壞了，他隔壁的田恬娟也跟著大哭起來。

老師走了過來，他也嚇壞了。他叫衛生股長送林明齊到保健室，然後把我叫出去問話。

「你爲什麼要打林明齊？」

我沒答話。

「回答啊！」霍肥緊抓我的肩膀，像是要把我的手臂拔斷。

我還是不願意多講。

「蹺課又打同學，」他指著我：「你還眞是個問題學生。」

我還是沒說話。

「我必須要叫你媽來一趟，」他說：「看看她教得是怎樣的好兒子。」

「她很忙，她不會來。」

「我會叫她來的。」

霍肥對我冷哼一聲，這下我總算清楚意識到自己大難臨頭。

我很少跟媽媽說學校的事，因爲我覺得沒必要講，何況她也不會想多問我，加上我沒犯什麼太大的錯，所以媽媽很少教訓我。有時我在外面玩太晚才回家，她在店門口癡癡的等，等到將近九點多，她也不會罵我，就只是淡淡的說：「下次不要晚回來了。」

有次還被她老闆娘看見，老闆娘很不高興的瞪了我一眼，她對媽媽說：「你的教育方法有問題，他都騎在你頭上了。」

媽媽沒有答話，只是輕輕的道謝，然後就不再探討這個問題，老闆娘也覺得沒意思，自然就不會再多說了。

不過這一次，我不曉得媽媽會做何反應，是抓狂生氣呢？還是又是風輕雲淡？

我走進店門，正好有個客人在租片子，只聽見刷刷的聲音，然後我走到櫃台後面，坐在椅子上一句話也不講。

「你要不要去買東西吃？」她一邊整理客人的ＤＶＤ一邊問我。

我沒有直接回答，只是敷衍得虛應了一聲。

她看了我一眼，也不再多問。

這就是我們的相處模式，我的朋友都很羨慕我，因爲媽媽從不囉嗦，魚頭（魚頭是我最好的朋友，他的拿手絕招就是學魚講話。）說：「你媽媽比較年輕，所以比較不管你。」

我是不知道這樣講對不對，因爲有點矛盾，我們美術老師和媽媽差不多年紀，可是卻很嚴格要求我們。

天啊！她就連我們要用什麼顏色都要管！我很想問霍肥有沒有打給媽媽，可是我很清楚這樣就會露餡。媽媽就知道我在外頭闖了禍，那我就死定了。好吧！我不知道會不會死定，就看著辦吧！

就在我這麼想的時候，電話卻響了起來，不知怎麼，我竟然突然打了一個冷戰。媽媽接起電話，用她專業且有素養的聲音打招呼，然後下一秒馬上臉色沉重起來，等到她看著我，我大概就知道是怎麼一回事了。

「好，我知道了。謝謝，我會跟他講的。」

等她掛掉電話後，我的皮緊繃到最高點，我的腳像是被黏住了，往前也不是往後也不成。

「我明天要去學校一趟。」

「喔！好啊。」

「需要經過你允許嗎？」

「沒有啊。」

她望著我，一臉凝重：「你在學校闖禍了對吧？」

「誰教林明齊那個王八蛋，」我才講到這，就被媽乎了巴掌過來了：「你不要講髒話。」

我說不出話來，這是她第一次打我，也是第一次罵我。

「你有必要把人家打到頭破血流嗎？」

我好生氣，因爲她不願意聽我解釋，沒有爸爸明明就是她的錯，她卻要我陪她一起承擔。

我眞的好生氣！好生氣喔！

「你不應該打別人，而且你還蹺課。」

我正要解釋，她卻不願意聽我講：「你犯了錯，不自己檢討就算了，你還狡辯！」

「我沒有狡辯！」我大哭起來。

「回家去，」她壓低聲音，我想是因爲老闆娘快回來了：「馬上回家去，現在是上班的時間。」

「走就走！」嘴巴上是這樣說啦，但我根本不想回家，因爲回家好無聊，而且我本來要吃巷口香雞排的。

我眼巴巴的看著她，但是她卻連看也不看我，她只是低著頭整理ＤＶＤ。這時老闆娘正好走了進來，她看到我滿臉通紅，又看到媽媽火冒三丈，大概也知道是什麼事了。

「回家去。」媽媽壓低聲說。

這還是第一次我這麼氣媽媽這樣對我。

我一聲不響的，在最短時間將書包收好，快速的走出店門口。

當天晚上媽媽並沒有跟我講話，吃晚飯時也對我視而不見。阿公阿媽問起我學校的事，我也是大概隨便說說而已，對於整件事沒透露半字。

第二天早上，我就把事情告訴魚頭，魚頭也很替我抱不平，果然是我的好朋友。現在只有他站在我這，可是只有他一個人一點用也沒有。

第三節美術課時，我看到媽媽從走廊走了過來，旁邊是霍肥。

「徐志偉你出來。」霍肥將頭探進教室，叫了我名字。

我看見龜毛美術老師皺著眉頭，她一定很討厭有人因爲這樣而遲交作品。

大家都轉向我，我只好走出去。

然後霍肥帶我和媽媽到導師休息室，裡頭就像一個小型客廳，有電視有沙發，魚頭說搞不好還有點心呢。但霍肥只是倒了杯水給媽媽，點心倒是連塊難吃的蘇打餅也沒看到。

「志偉他，」真可笑，霍肥從沒叫過我志偉，他總是用他低八度的語調大叫：「徐志偉！」並且邊說邊抖著他的肥肉下巴。

「志偉他不但蹺課，還毆打同學。」

「明明就是他，」我忍不住辯解起來。

「閉嘴！」就像昨晚一樣，媽媽連一點講話機會都不願意給我。

我沉下臉，氣得半死。都是她讓我沒爸爸的，現在卻不願意聽我解釋。

如果我有爸爸還會這樣嗎？

「我知道志偉沒有爸爸，」霍肥一字一字小心的講：「但是不能太過於姑息他。」

「嗯，」媽媽點點頭：「我了解。」

「他把同學打到頭破血流，而且還蹺課。」明明就只是皮外傷，林明齊今天還來上課耶，綁著一頭他自以爲可憐兮兮的蠢木乃伊繃帶。

媽媽長嘆口氣：「我知道了，我會管教他的，很對不起。」

「我也必須要給人家的媽媽交代，所以以前他怎麼做錯都無所謂，唯一就是這次有傷到同學，我要記他過。」

「我知道了。」眞沒想到她竟然會這樣回答，她可知道記過是一件多嚴重的事啊？

魚頭說有人因爲記太多過，一輩子無法畢業，到老還在念小學。

那不是眞的很糟糕嗎？

我好生氣，因爲媽媽連一點幫我說情也不願意，我如果在這裡爛一輩子，她最好不要傷心難過。

「那就記大過吧。」

我慌張了，沒想到還是大過。

「好。」

「你不能隨便記我過，」我一聽媽媽答應了，氣的失去了理智：「我沒有做錯什麼！」

「你還說你沒有做錯什麼！」她轉過頭對我大罵起來。

我也哭了起來，我沒看霍肥，但是我知道他一定在偷笑，他恨我恨得要死。

魚頭知道我被記了大過，他非常生氣：「他們怎麼可以沒問你任何理由，就記你過呢？」

我是很高興他那麼夠義氣，但是老實說他也幫不了我什麼忙，所以一點用也沒有。

魚頭就算再怎麼挺我，也不會把他爸爸送給我，所以這對我來講根本沒意義。

「我想要一個爸爸。」我講出口後，魚頭倒是沒表達太多意見，只是一臉不解的看著我。

我知道他爲什麼擺出這種表情，因爲魚頭爸對他很凶，在他的世界裡，如果沒有爸爸就很完美了。

「那你把爸爸讓給我。」

「我才不要呢，」魚頭搖搖頭說：「這樣我會被我媽打死，而且，我爸爸這周末還要帶我們去六福村。」

好吧，我聳聳肩，不想再和魚頭多說什麼，沒有爸爸這件事讓我困擾也不是一天兩天了。

2

還有一件讓我超不爽的事，那就是學校舉辦的每個活動，媽媽從來都不願意來參加母姊會，沒來參加當然是最好，免得霍肥又亂告狀，可是像運動會、同樂會、畢業典禮她還是沒來，這讓我有點生氣和難過。

「我希望我媽參加星期六的運動會。」下課之後我對魚頭說。

「可是她不是一直不喜歡來學校嗎？」

「我才不管，」我說：「我的畢業典禮她從沒參加過。」

「可是你就只畢業一次啊，」魚頭瞪著他魚眼看我：「幼稚園那一次。」

我回瞪了他一眼：「反正我希望她來參加運動會，因爲我這次大隊接力跑最後一棒。」

大隊接力跑最後一棒就代表是主力，通常都是跑最快的跑第一棒或最後一棒，不過魚頭說那是「垂死掙扎」，跑不過別人所以只好派最強出馬。

他這樣講雖然讓我不太高興，但至少他說我是「最強」，所以我也就沒生氣太久。反正，不管我們班落後多少，我都可以想辦法擠到第一名。

所以，我希望媽媽也能來學校看看，同學們的爸媽都幫他們拍照，運動會結束完去吃麥當勞，星期一睡到自然醒，但媽媽卻什麼也沒做。

當天下午回到店裡，我將學校發的邀請函給媽媽：「這個星期天是學校運動會，」我把粉紅色邀請函放在她面前：「你會來吧？」

「我不確定能不能走開，」她低著頭整理DVD：「你知道，假日很多人都要來借DVD。」

「那你叫老闆娘放你一天假。」

「小聲一點，」她的手指放在脣上：「你不想老闆娘給你媽放長期假吧？」

我正要說「其實這樣也滿好的。」但是老闆娘剛好走了進來，不知怎麼，我竟然就習慣乖乖閉上嘴了。

老闆娘比媽媽還大，有一個年紀跟媽差不多的兒子，這讓我一直覺得很矛盾的地方；媽媽已經有一個十歲的小孩，老闆娘的兒子卻還在念研究所。

我不敢問太多關於這方面的問題，就像可欣姨她和媽媽一樣大，她卻沒打算結婚，目前還在進修。

可欣姨是媽媽很久很久的老朋友了，她們兩個非常好，遠超過我跟魚頭的感情。最近這段期間可欣姨出國進修，這一兩天就會回來，媽媽看起來好像比較開心。

魚頭說媽媽是因爲平常沒有辦法找人說話，她媽媽平常在菜市場和三姑六婆聊天，在家就罵老公和小孩。

但我媽媽不一樣，我媽媽很少和人攀談，買菜煮飯通常都是外婆做比較多，魚頭說這是年齡差距，因爲媽媽和那些菜市場阿桑的年紀差距太遠了，但我又覺得那裡怪怪的。

老闆娘拿來了一些滷味，一進門我就聞到滷蛋的味道，她將一包滷味放在桌上：

「點心時間。」喃喃自語著：「雅曼，不要說我對你不好。」

「謝謝。」其實老闆娘很常買東西給我們吃，她買什麼都會順帶帶一份給我們，因爲她說媽媽是她年資最長的店員。

老闆娘個性有點古怪，所以其他人都無法忍受，但是唯獨媽媽可以忍受她，因此老闆娘對媽媽還算不錯。

她挑出一塊豆干，大口吃了起來，我也很想吃點什麼東西，不過我們通常都等老闆娘走了之後，才開動。

「運動會啊！」她剛好看到桌上那張顯眼的粉色邀請函：「志偉的嗎？」

「對。」我的眼睛巴望著滷味，都忘了自己來的目的了：「老闆娘阿姨，」我說：「那天可不可以放媽媽一天假？」

媽媽對於我的問題嚇了很大一跳，因爲我聽見她很厚重的呼吸聲，她只要聽到會讓自己嚇到的消息，都是這樣厚重的呼吸聲。

老闆娘先是看了我一眼，接著又看了看媽媽：「運動會是星期幾？」

「星期天，」我鼓起好大勇氣才繼續說：「拜託！我這次大隊接力跑最後一棒，我希望媽媽來。」當然更不能忘了運動會完還要去吃麥當勞啦。

老闆娘聽完了，若有所思的想了想，她叉子上的豆乾都快掉下來了。

「老闆娘，」媽媽連忙說：「沒關係，不用啦。」

「我想可以，」老闆娘一說完就將豆乾塞到嘴裡：「星期天早上客人本來就不多。」

「可是老闆娘，」媽媽又說：「有些歸還影片我還沒整理好，」我真氣她講這些話：「實在沒辦法去看運動會。」

「影片可以回來再整理，」老闆娘倒是毫無不在意：「反正星期天客人少，不然我自己整理好了。」

「可是，」媽媽想再說什麼，又被老闆娘堵住了：「你想一想再告訴我，不要太快下定論，小孩成長只有一次，而且是很快的。」說完她就提著她的那包滷味進去了。

這時本來是可以準備吃滷味的，但我卻一口也吃不下，我實在搞不懂媽媽爲什麼不去參加我的運動會，如果是以前就算了，但是這次我可是主力跑將耶！

媽媽爲什麼就是不願意來呢？

然後我又想到是她害我沒有爸爸，害我被林明齊笑，害我寫不出我的家人這種文章，我被記過她也一點都不擔心難過，我眞的懷疑自己是不是她的小孩子。

「快點吃一吃，」她低著頭將ＤＶＤ歸位好：「要寫功課了。」

「你根本不打算去對吧？」

「嗯。」

聽到她這樣輕描淡寫的說，我更是氣得想哭，不對，我已經哭了！

「是你害我沒有爸爸，」我邊哭邊講：「但是卻從不對我好，如果是爸爸會對我很好。」

她先是震驚的看著我，然後又一次用力朝我一巴掌打過來，我以爲她會說些什麼，但是她卻什麼也沒罵。

只是蹲下來低著頭，這種姿態看起來很像上次魚頭拿毛毛蟲惹哭一個小女孩。

「回家去。」她的聲音出奇的低沉，我知道是在控制她的脾氣。

我根本無法控制自己的情緒：「每次都叫我回家去！」我大哭大鬧，一邊收著自己書包：「你對我根本不好！爛死了！爸爸會對我很好！」

我以爲媽媽會再打我一巴掌，但是她卻一點反應也沒有，我不知道是不是因爲我急著跑出去，走很快所以讓她沒機會打我，還是她本來就不打算打我。

反正我一講完就迅速離開店裡，我氣得不想回頭，也沒和媽媽說再見，只是一直走一直走，直到走到最近的公車站，我才想到自己忘了拿走那包滷味。

肚子餓加上媽媽的反應，想到讓我就更生氣。

晚上我本來不想吃晚餐的，但肚子實在很餓，所以還是走出了房間。

我和媽媽沒再講話，她也沒看我一眼，這時我才領悟到一件事：**她一直很少正眼看我。**

媽媽總是忙她自己的，偶爾和我講幾句話，就這樣子而已。

晚餐時間她總是累到不想再多講些什麼，餐桌上通常都只有我和阿公阿媽的聲音。

我突然覺得她根本不在乎我，想到這裡我又忍不住哭出來，幸好電話響了，我連忙站起來接電話。

「喂？」我用我的破音哭腔接起電話：「請問找誰？」

「志偉嗎？」另一頭是可欣姨的聲音：「你怎麼會聲音這樣啊？感冒了嗎？」

「才不是，」我一聽見可欣姨的聲音，知道她是我朋友，就哭了起來：「媽媽不去我的運動會啦。」

可欣姨聽的一頭霧水：「你媽不是從來沒參加過你的活動嗎？」

「可是我希望她這次參加啊！」

「志偉，你媽媽很辛苦耶，」可欣姨說：「你偶爾也替她想一下，我知道你很懂事。」

一聽到可欣姨這樣講，完全不站在我這裡，我就知道自己又變成了孤獨的一方。我邊哭邊說：「同學都有爸爸，是她害我沒有爸爸的，我一直都在忍耐。要她參加一次運動會有那麼難嗎？」

我才剛講完，媽媽就把話筒搶了過來，我連她什麼時候跑過來都不知道：「到你房間去，不准吃飯了。」

想到自己又要餓肚子，我就更氣，所以我邊哭邊走回房間。

我原本以爲我會大吵大鬧很久，或許大概是因爲肚子太餓了，我哭了太久，竟然躺在床上睡著了。

我睡到大概十二點多，因爲肚子咕嚕嚕叫而起床，雖然夜晚有點可怕，但是敵不過肚子餓的壓力，我還是決定下床去吃點東西。

我從冰箱拿出牛奶和玉米穀片，給自己做了一大碗好吃的牛奶穀片，我坐在餐桌上一邊吃一邊看著紙盒上的老虎發呆。

吃完之後我才有所謂的飽足感，雖然目前還不會想睡覺，但是想到今天發生的事就還是忍不住難過。

這一切對我太不公平了，只不過是參加一個運動會，對媽媽來說，會有那麼困難嗎？我因爲吃太飽還不想躺回床上，所以打算到客廳去看電視，反正我現在一點也不愛睏，去看看卡通心情會好一點，就在我從廚房走到客廳的時候，卻聽到一陣哭聲。我沒聽錯，眞的是一陣哭聲，而且是很輕微很輕微的聲音，而且呢，還是女孩子的聲音。輕忽忽地，好像隨時會飄到我前面，然後表演拔斷自己頭給我看，接著在奸奸的高笑。

我站在原地，不曉得自己該不該繼續往前走，還是轉身後退，總覺得自己好像再前進一步，就會被女鬼逮到，然後被她濺得滿身是血。

我這麼想著，然後傾身探聽，卻發現哭聲不見了，不曉得是不是因爲女鬼已經知道我發現了她的哭聲，所以正往我這飄來。我吞嚥了一口口水，心臟就像被炸開了似的，猛烈彈跳，都快跳到我喉頭了。

接著，我馬上聽見沉重的腳步聲和呼吸聲，向我逼近，而且是越來越近。

這時我都可以聽見自己的心跳了，我開始感到口乾舌燥，就連剛剛好吃的玉米片，都讓我覺得想吐。

「你在這做什麼？」我抬頭，雖然客廳的燈很暗，但是還是隱約知道這個人是媽媽。

「沒有啊。」我說：「那你又在這做什麼？」

「我剛剛在和可欣姨講電話，」她回答：「你大半夜不睡覺爬起來幹麼？」

「我肚子餓了，吃玉米片配牛奶。」

「那吃飽了嗎？」

「嗯。」

「那可欣姨什麼時候會來我們家？」

「星期天，」媽媽長嘆了一口氣：「她要跟我們一起去運動會。」

「是喔？」等等，運動會？「所以說，你確定要去了嗎？」

「嗯。」媽媽的聲音一點也不興奮，反而很疲倦：「我和可欣決定要去替你加油。」

「好耶！」我本來想大聲歡呼，但突然想到現在還是半夜，如果吵醒阿公他們就糟了，所以只好馬上住嘴。

「那你可以去睡覺了嗎？」媽媽問我，她的聲音有點奇怪，但說不出是哪裡奇怪。

「好吧。」我點點頭，本來想問媽媽是不是也有聽到女鬼的哭聲，可是後來想一想還是算了。

雖然我看不清楚媽媽的臉，但是她讓我感覺她好像非常、非常疲倦。

「那你要去睡覺了嗎？」我問她。

「嗯，」她說：「我喝杯水就去睡。」

「好，那我先去睡了，」我一知道她要去參加我的運動會，就很高興：「晚安。」

「好，晚安。」她輕輕的親吻我的額頭，我發現她正在擤鼻涕：「你生病了嗎？」

「爲什麼這麼問？」

「因爲你半夜爬起來喝水，鼻子裡感覺又有鼻涕。」

「不！」她搖頭：「我沒有生病，大概是過敏了。」然後她催促我：「快點去睡覺吧！」

我點點頭，臨走前她還打了我屁股一下，我故意誇張的又叫又跳，然後跑回房間。

完全忘記自己剛才還在女鬼的恐懼中，滿腦子就只想著：喔耶！媽媽要來參加我的運動會。

3

運動會當天我們將椅子搬到操場外圍，有很多人的爸媽一大早就來了，這些爸媽們帶著相機，拚命拍照。

魚頭媽也一直爲魚頭拍照，一下說：「看這邊。」一下又叫他：「笑一個喔。」弄得魚頭很窘，他想盡辦法才用尿遁法，甩掉他的媽媽，還好她沒有跟來，不然魚頭媽可能連自己兒子怎麼尿尿都很想拍照。

我跟魚頭在洗手台前面玩灑水，平常是不可以這樣的，可是因爲今天運動會，老師都忙著管別的事，所以我們在洗手台前面打了一下子水仗。

「你媽怎麼還沒來？」他趁我裝滿滿雙手的水，對我說。

「我不知道耶。」

嗶！

我就知道我不應該遲疑的，他這招是聲東擊西法，我馬上就被潑得全身都是水。

魚頭大笑起來，然後開始把手放在臉頰旁邊，拿出他的本領：學魚講話。他的嘴脣上下擺動著，發出噗通噗通的聲音，就像一條魚。

「你知道，我是魚，所以在水裡我不會輸你。」他驕傲的對我說。

我正要回潑他時，卻聽到後面有其他人的聲音：「你怎麼把自己弄得那麼溼啊？」

我回頭，看到媽和可欣姨站在我後面。

「媽，」坦白說，我很開心看到媽媽，不過她卻不是很開心看到我：「可欣姨。」

媽媽一臉憂愁的站在那，當我靠近她時，也只是摸摸我的頭。

可欣姨就不一樣，她講了很多笑話，魚頭被她逗得很開心，甚至忘了自己其實來廁所是來躲魚頭媽的。

所以當他又走回去的時候，馬上又被魚頭媽抓去照相了。

「我有帶相機，」可欣姨戴著一頂鴨舌帽，穿著一件寬鬆牛仔褲和T恤，她從她的大包包裡拿出一台相機：「我幫你們母子照一張。」

當他這麼說的時候，我才想到我很少和媽媽照相，至少我沒看過，從小到大可欣姨最常幫我照相，但媽媽永遠都不入鏡。

媽媽有些遲疑的看著我，我緊抓著她的手。

「來啦！一起照一張，」可欣姨說：「不會少塊肉的。」

然後媽媽走到我旁邊，我開心得比了一個YA的手勢。

「徐志偉！」魚頭叫住我：「我要跟你拍照。」

「好呀！」

「你好，」魚頭媽拿著相機面帶微笑：「你們是志偉的姊姊嗎？」

「是。」媽媽說。

「不是。」可欣姨說。

她們兩人相對看，接著媽媽長嘆口氣，可欣姨連忙說：「她是志偉的媽媽。」她指著媽媽。

不知道爲什麼，媽媽竟然滿臉通紅。

「媽，」魚頭說：「你不要再問了啦！很丟臉耶！」

「對不起。」魚頭媽笑笑的說：「因爲你們都好年輕。」

「其實也沒什麼啦！」可欣姨說道：「她很年輕就生他了。」

「那爸爸也和你一樣大嗎？」魚頭媽問道。

媽嚇了一跳，根本說不出話，過了好幾秒，可欣姨才說：「他們離婚了。」

雖然我完全不了解，問爸爸年紀多大，和他們離不離婚有什麼關係。不過這也是第一次有人問起爸爸的問題，我也從沒想過爸爸年紀有多大。

「喔，」魚頭媽尷尬的笑說：「不好意思，我很遺憾。」

「沒關係。」媽媽硬擠出一個笑容。

「徐志偉！」我回頭，發現是霍肥：「四年級大隊接力開始了，」他上氣不接下氣：「你還不快點來！」

「喔！」一聽見他這麼講，我當然很緊張：「我馬上來。」然後我就和魚頭往操場的方向跑去。

我邊跑邊回頭看媽媽一樣，她和可欣姨還有魚頭媽一起走著，可欣姨就和魚頭媽聊天，媽媽呢，就像平常一樣沉默不語。

甚至感覺比以前更加沉默了。

這次大隊接力我跑最後一棒，林明齊倒數第二棒，也就是說他在我前面。

我們班是藍隊，所以當我站在跑道上，聽見廣播說：藍隊現在第三，唉呀！超前第二紅隊了！我就緊張個半死，我看著林明齊，他整個臉歪曲得往我這跑來。

要不是我現在很緊張，我眞的覺得他的臉很愚蠢。

「快快快！」我拉長手要接過棒子，眼神看著他逼近。

我一想到媽媽和可欣姨在看，就決定一定要跑到第一，身體狀況好得不得了，我一定可以拿第一的。

我邊想邊看著林明齊朝我跑來，然後就向體育老師教得一樣，我開始助跑，緊張得要命，然後我把手拉長。

就在黃隊接到棒時，我以爲下一秒就會是我，但等到綠隊和紅隊都接好棒，我都還沒交棒到。

我傻了眼，因爲林明齊竟然在我面前，操場跑道上，大家的眼前——跌倒了。

我看著他，他摔得灰頭土臉：「白癡！你不會拿棒子喔！」

等到他對我大罵了這句話，我才猛然醒來。

「你才白癡！」我本來要打他，但是連最後一名的橘棒都在快要朝這逼近了，我如果再不跑，我就最後一名了。

所以我撿起棒子，開始往前衝，我邊跑邊生林明齊的氣，我覺得他一定是故意的，對！他知道媽媽要來，所以讓我難看！

我就一直跑，用盡全力跑。

最後我跑到了終點，「藍隊反敗爲勝！拿到了第三！」我聽到廣播這麼說。

我筋疲力盡的坐在跑道上，魚頭對我比了一個姆指，可欣姨和媽媽走了過來。

「我們都看到囉！太了不起了！」可欣姨搖搖手中相機：「我幫你全程錄影下來了，標題就下：**徐志偉勇往直前，奪得勝利。**」

「我又不是第一名。」我小聲嘀咕，根本開心不起來。

因爲我們是最後一個節目，所以大家都在搬椅子要回教室去，魚頭一手抓著我的椅子，一手抓著他自己的：「徐志偉來搬椅子！」

我只好氣餒得起身，我繞過媽媽和可欣姨身邊，原本以爲媽媽會說什麼，但她卻什麼也沒講。

是不是因爲我沒跑第一?讓媽媽白來看我跑步了?

我心裡閃過這個念頭，然後我又很氣林明齊竟然跌倒，他一定是故意的!

對!他絕對是故意的!

我快步走向林明齊，他正在和同學講話，我一接近他就說:「徐志偉你連棒子也拿不好喔!」

「是你的錯!」

「才不是我的錯!」

「徐志偉!」我回頭是可欣姨，她一臉嚴肅的望向我。

這時我才發現，原來有很多人都在看我們，「椅子快搬一搬，要走啦!」可欣姨說。

「哼!」林明齊轉過頭，拿著椅把，我感覺他在低喃，但卻聽不太清楚，最後就只聽到:「沒爸爸的小雜種。」

我氣壞了，然後就用力推他一把，他一個重心不穩，就倒在地上。

我跳到他身上對他窮追猛打：「你有種再說一次！」

他也不甘示弱，使命要把我推倒：「放開我！」

我聽見旁邊有加油聲，還有媽媽、可欣姨的聲音，我們一直扭打到，霍肥喊停爲止。

「統統住手！」霍肥邊大聲喝止我們，邊用他肥肥的手將我們兩人拉開。

「你們打什麼架！」他撐著他的大肚皮，從人群外走了進來：「你們是在打什麼架？」

「他罵我是沒爸爸的小雜種！」我忿怒說道。

「你本來就是！」

「我不是！」

我本來要再痛毆他一拳，但是霍肥一個動作就把我們兩人推開了。

「統統不准打架。」他對著班上其他人說：「其他人回教室去，」然後又看看我們：「你們兩個跟我來導師室，」接著他又轉向媽媽和可欣姨：「徐太太請你務必也跟我們來一趟。」

令人生氣的是，我吃不到麥當勞了，還有就是等到我們走到導師辦公室我才發現，林明齊的媽媽根本沒有來。

一想到他不會因爲打架就被媽媽罵，我就很不爽，超級不爽！

* * *

霍肥還是老樣子，和媽媽說的話，也還是就這麼幾句而已。

「志偉的教育問題一直存在著，和同學打架又蹺課，他的操行已經快不及格了。」

誰教林明齊要講這種話？

「我知道，謝謝老師。」媽媽的態度和之前沒有兩樣，幾天前她也一樣坐在這個位子，就像定格了一樣，節目只是重播倒帶。

「我知道他是一個好孩子，可是，」霍肥看了看我，又看了看林明齊：「林太太已經注意這件事很久了，如果我不做些舉動，恐怕她會和校長報告。」

同樣地，媽媽還是一句話也沒講，只是看起來好像在點頭，又好像沒有。

「你們爲什麼不問問志偉，」當可欣姨開口時，我這才想到她也在現場：「他爲什麼會打同學？」

「也許他有他的理由，」霍肥解釋：「但打人就是不對。」

「沒有什麼是絕對不對的。」

「對不起，」霍肥清清嗓子，顯然是想和可欣姨表示他也是個讀過書的高知識分子：「我們是教育者的，目的就是告訴孩子不要使用暴力。」

「那你們怎麼沒教育孩子，阻止他們對於別人的言語和精神惡意傷害？」

「同學一直都很乖，我所在乎的是暴力問題。」

霍肥很不以爲然，感覺就像在說：「他們只不過是個孩子嘛！你以爲他們的嘴有多壞？」

「志偉，」可欣姨突然把焦點轉回我身上，讓我嚇了一跳：「告訴大家你爲什麼打同學？」

「因爲他罵我是沒爸爸的小雜種。」

我又聽見媽媽沉重的呼吸聲，她半句話也說不出來，就只聽到她沉悶的呼吸。

「那麼訓導主任，」可欣姨倒是毫不在意，繼續發出她咄咄逼人的架式：「罵小雜種的學生，是不是也有問題呢？」

林明齊不安的望向她，又看著霍肥，就好像不得不把一切希望都寄託在他身上一樣。

「不管怎樣，打人就是不對，」霍肥摸摸他肥厚的下巴：「先打人就是不對。」

「打人所造成的傷害，會比羞辱別人所造成的傷害還大嗎？」可欣姨非常激動，激動到聲音變的尖聲尖氣。

「羞辱人當然是不對，」霍肥看了看林明齊：「但是打人更是罪加一等。」他又瞪了我一眼。

「所以你的意思是，」可欣姨突然笑了起來：「我可以羞辱你，但是我不能打你。」

我想像著可欣姨會用怎樣的言語羞辱霍肥，不過大人的世界太難懂，我也很難去了解。

「當然不行，」霍肥搔著腦袋，像是要多講些什麼，但是又欲言又止：「好吧，也許他是不應該這樣對志偉說話，但不代表志偉可以打人。」

「那你覺得你還應該再記志偉一個小過嗎？」可欣姨挑挑眉：「如果一開始他沒有羞辱他，事情就不會變得這麼複雜了，我有幾個新聞界的朋友，如果知道現在教育怎麼這麼腐敗、無能絕對會很有興趣。」

「別講羞辱這個字眼。」我還是第一次看到霍肥因不安而滿頭大汗，他通常都是因為追在我後面跑而汗流浹背。

「事情沒那麼嚴重。」

「你認爲志偉被羞辱不夠嚴重嗎？」

「不是這樣的！」

霍肥看了看我，又看了看林明齊，他又轉向媽媽：「志偉在班上的行爲一直有問題，他蹺課，頂撞師長，毆打同學。」

我從不知道自己這麼多問題，要不是霍肥像念條例一樣，一句又一句的報告出來，我還眞不覺得這些是我的問題。

「我知道。」媽媽往可欣姨看去：「是我勸導無方。」

好不容易我們處於「優勢」的狀況之下，又被媽媽摧毀。

就像是英雄好不容易打擊了壞人，壞人奄奄一息躺在地上喘氣，卻被英雄的同夥起了良知和憐憫之心，因而給予壞蛋一線生機，最後英雄和同夥死於非命。

「志偉的確是需要加強管教，」霍肥又再度環顧我們：「不過明齊也的確不能語出傷人。」

我驚訝的望著霍肥，他先是清清喉嚨，最後如同升旗典禮司令台司儀一樣宣誓：「這件事情就下不爲例了，」霍肥直視著我：「徐志偉，你不應該毆打同學，我記你的小過、警告也夠多了，你是不是應該要檢討？」他不等我回答又對林明齊說：「同學的家庭狀況不應該拿出來宣揚或嘲笑，你最好要注意一下自己言行。」林明齊露出不甘願的神色，但即使如此還是妥協似的點頭。

最後霍肥轉向可欣姨，可欣姨的表情依舊一如反常般冷酷無情。

「主任眞是明理。」可欣姨說這句話時一點笑意也沒有。

我這才體會到可欣姨是多麼的有威嚴，逼得霍肥不得不對她屈服。而在同時我也深深了解，我對媽媽來講根本不重要，她只在乎她自己，我對她來說毫無意義。

我們離開學校也沒有去吃麥當勞，我甚至不再多講半句話，我眞的覺得這個運動會簡直——爛透了。

那次事件之後，我和媽媽的感情從還好，變得很不好。平常媽媽就不是很愛理我，而且也不喜歡和我多加互動。

我不再和媽媽講半句話，也避免再去ＤＶＤ店找她。

「也許你媽媽本來個性就不愛說話，」魚頭邊吃雞排邊對我說：「不像我媽，有那麼多話。」

他現在滿嘴雞排，顯然也沒辦法說太多話。

「我相信我爸會更重視我，」我回答：「至少不會像我媽一樣。」

「我爸也不在乎我，」魚頭吃下最後一口雞排：「通常他在家也只是在看電視。」

魚頭並不了解我的想法，所以我就沒再多說了，但是我相信，如果我眞的有爸爸，絕對不會像媽媽一樣，不把我當作一回事。

「我決定了，我要去找我爸爸。」我說完，就像如釋重負一樣，大口咬下第一口雞排。

「你才不可能找到他勒，」魚頭將雞排紙袋對折：「他不在台灣，在國外。」

「你又知道了喔？」

「我聽我媽講的。」

「你媽都愛亂講話。」

「我媽才沒有亂講話，」魚頭說道：「你爸媽是高中就在一起了，不知道什麼原因，你爸丟下你媽，一個人就出國了。」

「爲什麼？」

「就是不知道爲什麼啊！」

「你話是不會聽清楚喔！」

「我怎麼知道啊！」魚頭順手將雞排袋丟到垃圾桶：「我爸媽都故意不在我面前講清楚。」

「那你不會問喔？」

「我覺得我最好不要問，」魚頭一臉正經的說道：「大人就是這樣，當你一直追問時，他們會想假裝沒聽到，要知道真正的答案，就最好不要多過問，偷聽就好了。」」魚頭現在的表情看來反倒像一隻在砧板上無法呼吸的魚。

「可是我媽根本沒在我面前講過我爸半件事情。」

魚頭頂著他那張油膩的嘴，思考半秒才說：「你怎麼不去問你媽的好朋友？」

「可欣姨嗎？」

「對啊，」他一臉篤定的說：「她不是你媽高中同學嗎？總會知道一點點蛛絲馬跡吧？」

「好，」我拿著雞排，對於有這個新的進展感到相當高興：「那我去問問可欣姨讀哪間學校。」說完我大口咬下雞排，只要一想到會找到爸爸，心情突然就變的很好。

「小心一點，」魚頭向我貼近道：「凡事小心。」雖然我很感激他提醒我，但是我還是覺得毫無鼓舞力，就只像條魚。

結果我完全沒機會和可欣姨單獨講到話，因爲我不想在媽媽面前講到關於爸爸的話題。

最糟糕的是，可欣姨明天晚上就要走了，我明天還要上課，所以相處的時間就只剩下今天晚上了。

可欣姨到我們家吃晚餐，由於是她最後一天留在台灣，下次回來還要隔很久很久，因此我和媽媽、阿公、阿媽還有可欣姨一起到一家台菜館吃飯。

「眞的太好吃了，」可欣姨大口吞下菜圃蛋：「我在國外早就吃膩了薯條可樂了。」

「薯條可樂很好吃啊。」我說：「大人都不喜歡吃。」

「嗯，」可欣姨喝了口茶：「說的也是，我以前年輕的時候，也還滿能接受這種東西的。」

她就在像回想什麼似的：「對啦！就是你媽，」指著媽媽：「她以前是不吃這種東西的，因爲她在減肥啊。」

「她才不肥勒。」我倒覺得媽媽需要增肥，她看起來一點也不肥。

「是啊，她是不肥啊！」可欣姨回答我：「不過她身邊全都是一些皮包骨的難民。」

「那是什麼時候？」

整個晚上我就是爲了要逮住機會，要聊到媽媽學生的時候：「媽媽減肥是什麼時候？」
「高中啊，」看來可欣姨今天心情特好：「就是認識季向萱的時候。」
「我記得。」媽媽還是很冷靜。
「還有一個很凶的，然後很跩的。」
「林惠廷。」
「對，」可欣姨就像是聽到標準答案似的叫了起來：「那個林惠廷，根本就是個爛人。」
我驚訝的看著她，但是立刻收回我因驚訝而誇大的O型嘴：「她是怎樣爛？」
「咳咳」阿媽突然轉過頭乾咳幾聲。
「沒有怎樣，」可欣姨對我吐吐舌頭：「就這樣。」
我馬上想到魚頭告訴我的，逃避話題，「那是怎樣嘛！」我忍不住又問了一次，但是他們卻毫無反應。
「多吃點菜！」媽媽將菜夾到我碗裡。

我又想到魚頭告訴我的：「大人會在關鍵時刻假裝沒聽見。」

我趴一口媽媽給我的飯菜，冷靜的告訴自己不要陷入大人的圈套裡，我必須要知道，媽媽是念哪間高中。

「魚頭的姐姐考上高中了。」我眞佩服我自己，竟然可以想到這個藉口。

「魚頭不是獨生子嗎？」媽媽皺著眉對我說。

「不是，」我說：「他還有一個姐姐。」

好啦，魚頭是眞的沒有姐姐，可是我也不知道要講誰。

「是喔？」媽媽半敷衍的。

「對啊，」我連忙順著媽媽的話：「媽媽，你讀哪間高中？」

我一說完，他們又陷入了沉靜，不過這時我並沒有發現，只是急著想知道媽媽念哪間高中。

因爲魚頭告訴我，只要我知道媽媽哪間高中就好辦了。

「你什麼時候放假?」可欣姨突然沒頭沒腦地問。

「還沒考試啦!」我擔心他們又把我話題轉開，於是連忙說:「那你是什麼高中的啊?」

但是媽媽還是沒有講話，「你媽媽讀哪間高中有那麼重要嗎?」可欣姨突然反問我。

我反倒被她嚇了一跳，「很重要啊，因爲我想知道你們當初有沒有魚頭姐姐聰明。」

「魚頭姐姐有沒有我們聰明有那麼重要嗎?」可欣姨問。

「有啊，」我說:「魚頭老是炫耀自己有個超漂亮超正的姐姐，我又沒有姐姐可以炫耀，搞不好媽媽考得比魚頭姐姐好啊，這樣我就會很驕傲。」我盡量裝做可愛又無辜，外加天眞無邪的樣子。

「哪有人這樣比較的?」阿公說:「你拿你媽媽去和人家姐姐比喔?」

講到這裡，又陷入另一陣沉默狀態，但是十歲的我，當然還是沒有發現。

「Ａ中。」媽媽突然丟了答案過來，讓我們現場陷入半尷尬的沉默：「這個答案你滿意了嗎？」

她對我笑了笑，我只好尷尬的點點頭：「嗯，可以了。」

Ａ中，Ａ中。

「乖孫多吃一點，」阿媽將菜夾到我碗裡，顯然對於我滿滿一碗的菜毫不在意：「這樣才會長大。」

「好。」

Ａ中，Ａ中。

接下來大人們的聊天話題我根本一點興趣也沒有，只是邊吃飯邊默念媽媽的學校，深怕自己一個不小心就忘了學校。

Ａ中，Ａ中。

吃過晚餐之後，我爲了怕自己忘記，連忙問媽媽：「我可不可以到魚頭家一趟？」

「現在？」媽媽皺著眉反問我。

「對，就是現在。」

「明天到學校就見面啦，」媽媽說：「明天再講。」

「可是我有一個東西放他那，明天在學校拿會來不及。」

「是有那麼重要喔？」

「是啦！」我因爲急躁而生氣：「就是很重要啦，一下子就回來了。」

「我帶你去好了，」媽媽說：「反正你只是拿一樣東西。」

我很想拒絕她，但眼看時間一分一秒過了，而且大家都眼巴巴的望著我，在九點之前我如果沒到魚頭家，別說媽媽准不准了，魚頭的媽也一定不讓魚頭見客。

「好。」所以，我只好妥協。

我一走進魚頭家，就連忙大叫：「魚頭快點！」

他那時正好剛洗完澡，溼淋淋的頭髮滴著他的睡衣：「你怎麼突然來了？」

「你不是要拿東西給我？」我邊大叫邊將他推回他房間。

我故意叫的很大聲，好讓媽媽認爲我沒有說謊，也好讓魚頭媽能夠諒解我，快到睡覺時間來找她兒子的緊急狀況。

我一關上門，就低聲說：「Ａ中，」我漲紅著臉：「快點，你打Ａ中。」

很幸運的，魚頭的電腦正好是開機狀態。

魚頭在網路上搜尋了Ａ中，我則坐在他旁邊聚精會神的等待著。

「在這裡，」他說：「台北市○○路上，」斷斷續續的將地址寫下來。

「那我們現在要怎樣？」

「當然是到現場去啊。」

「可是我們對那裡的路又不熟，」我解釋：「萬一迷路怎麼辦？」

他倒是沒有直接回答我的話，只見他直接點選了一個網頁，在目的地的地方打上A中，「你覺得我們的出發地要打什麼？」

「就打我們學校好了。」

魚頭點點頭：「好，學校到學校應該比較不會那麼困難。」

網頁又跳出了新視窗，魚頭按下了列印，當他彎腰從印表機拿紙時，我則盯著螢幕看。

「搭捷運會到。」我說：「所以我們要搭捷運嗎？」

「嗯，」魚頭看著地圖：「還要坐幾站公車才會到。」

哇！到一個人生地不熟的地方耶！

不知怎地，我突然覺得很刺激。

魚頭將紙對折交給我：「我能將這個神聖任務給你，以確保你不會洩漏我們明天放學的形蹤嗎？」

「我確定，」我學起電視上的宣示：「我相信我可以。」

「志偉你媽媽在等你喔！」魚頭媽在外頭喊著。

但我知道他其實是想喊：「已經過了睡覺時間了，你可以讓魚頭睡覺了嗎？」

「喔，」我回答，然後又隨即轉向魚頭：「明天見。」

「好，再見。」魚頭和我道別。

他溼淋淋的頭髮，再搭上他的魚頭，看來活像一條剛從水中打撈的魚。

我一直到早自習過了才開始坐立難安。

因爲魚頭今天並沒有來上課，我以爲他今天遲到，但沒想到他是眞的不來。

「他發燒現在在休息，」魚頭媽一點也不給我和他交談的機會：「你有什麼事嗎？」

「沒有，」我說：「我只是想知道他今天會不會來。」

「他今天不會去上學，」魚頭媽回答我：「他生病了。」

我掛掉電話之後，覺得有點沮喪，因爲今天本來要計畫去找爸爸的，現在魚頭不來，害我都不知道該怎麼辦。

因爲說好兩個人一起去，現在卻因爲他生病而耽誤了。

這時我又想到，其實魚頭根本也沒有必要陪我去找爸爸，因爲他是我爸爸，不是我們的爸爸。

還有就是我眞的好想念爸爸，我也好想看看爸爸。

何況地圖現在在我這裡，我只是到一間高中去看看，根本不會有什麼太大問題。

我按照地圖找到了媽媽讀的高中，這一切都沒有什麼太大問題，我準備了車錢，就可以到我想去的地方。

我先坐捷運，再轉公車，一切都和魚頭說的一樣容易，沒有什麼太大的問題。

最後，我終於來到了Ａ中，我非常緊張的站在門口四處張望，一直到了這裡，我才想到我根本沒想過自己下一步要怎麼做。

說要來這裡，也是魚頭決定的，至於其他的計畫，我們都還沒討論出來。

我站在校門口，A中的學生還沒放學，現在還是上課時間，校門口比我們學校還大，我遲疑的想我到底該怎麼做，是進去直接問教務處嗎？可是校門是關閉的，我的外表怎麼看也不像高中生。

「有什麼事嗎？」就在我遲疑的站在門口，嘴乾舌燥不知所措的時候，一位先生突然從警衛室探頭出來：「小朋友你要找誰？」

「我，」我吞吞吐吐的：「我想，」實在說不出話來，可是只要一想到如果我不講話，這一切全部白費了：「我想查一個人的資料。」

「那你可能要去調查局，」警衛用自以爲幽默的口吻對我說：「這裡是學校。」

「我知道這裡是學校啊，」但是我可一點也不覺得好笑：「可是我想要查一個以前在這畢業的人。」

「是你的初戀情人大姐姐嗎？」

天啊！我可眞的不覺得這個有多好笑。

但是他卻笑的嘎嘎作響。

「不是，」我盡量表現的很專業：「我要找我媽媽的資料。」

他隔著小窗子狐疑的望向我，接著問：「你媽媽是哪一屆畢業的？」

「我不知道。」

「那你要查她什麼？」

我很想告訴他，我要找爸爸，我想知道我爸爸是誰。但是卻說不出口，因爲魚頭說這是一個艱難的任務，而且很祕密。

何況，我總覺得只要我說了我的問題，警衛一定會馬上打電話給媽媽叫我回家。

「沒有，」我心中不斷盤算著要怎麼解釋：「我只想看看媽媽以前的學校，看看媽媽以前念書的地方，因爲我想念這裡。」

其實我根本連這裡到底是怎樣的地方，都不是很清楚，我就只知道這裡是學校，高中生的學校，如此而已。

「你的志向還眞是寬廣啊！」

他又講讓我覺得很難笑，他自己覺得很好笑的笑話了。

他的窗戶距離我有段距離，所以我必須要踮起腳尖才能和他交談。

「回家去吧，」他對我搖搖手：「這裡是學校，不是兒童樂園。」

「可是我想看看媽媽讀過的學校。」

「不管你有什麼理由，」他變的不再愛講笑話了：「我都不能讓你進去。」事實上不講笑話的他，更惹人討厭。

「我爲什麼不能進去，」我問：「這是我媽媽以前的學校。」

「不管這是誰的學校你都沒資格進去，」他說：「快點回家去。」

我開始想大哭大鬧，但是總覺得這樣的辦法一點用也沒有，而且我眞的很怕他會打電話給媽媽。

我沮喪到了極點，因爲我覺得這一切全都白費了，雖然我沒想過進去媽媽學校要做什麼，也沒有任何打算，但是現在竟然就到此打住，這眞的讓我覺得很沮喪，也很難過。

我遠離了校門，他還在我身後喊著：「你可別想從其他地方進來，」他大聲警告我：「我這裡都看得見。」

「我才沒那麼蠢。」我瞪了他一眼。

我忿怒的走回公車站，我生自己的氣，因爲我覺得自己全部都白費工了，我也生魚頭的氣，他爲什麼偏偏挑這一天感冒，更生媽媽的氣，她從來不在乎我是不是有爸爸，對！她從不在乎我！

我走到下車的對面，如果你以爲我不會走到對面坐反方向的車回家，那蠢的不是我，鐵定是你。

我一上車，就先亮出我的零錢，原本以爲一切都和平常一樣，我投好錢，然後走到座位前坐下，在捷運站那站下車。

誰知道，就在我準備投錢時，司機卻突然飛來了一句話。

「小朋友，你錢不夠。」

我呆愣在車門，後頭有個人要上車，他硬把我擠到一邊，我眞希望他跟我一樣落得同樣的下場，但他顯然帶了很多錢。

「你手上只有三元，」他戴著一副太陽眼鏡，冷冷的看著我：「你要付八元。」

我害怕的站在原地，不知該如何是好，有些人探出頭來，但是沒有人搞清楚是怎麼回事。

這時我才想到，因爲我剛剛來的時候，把錢都花在搭乘捷運上了，所以我才會沒有錢。

司機看著我，隔著黑色鏡片讓我非常害怕。

我又一次體會想大哭，但是也同時體會到我根本不能哭，在這裡沒有媽媽也沒有阿公阿媽，就只有我自己。

我如果哭的話，不但是一個愛哭鬼，對我自己也沒有什麼幫助。

當綠燈亮起時，公車開走了，而我，始終坐在公車站牌的長椅上。

因爲我的車錢不夠，所以我也不敢繼續坐公車了，你知道，那個司機非常可怕，他一副不苟言笑的樣子，坦白講，霍肥或林明齊還比他可愛一點。

我坐在長椅上，不知所措，突然很擔心自己回不了家了。

今天我不但沒找到爸爸，就連媽媽也要失去了。

我想到我可能會變成一個孤兒，然後我肚子突然很餓，下一秒我馬上想到自己大概會先餓死在街頭了。

這個時候，我忍不住哭了。

因爲都沒有人，我忍不住坐在長椅上哭，我又餓又累，對於這一切我都很氣餒。

等到我醒來已經是晚上了，我竟然不小心在長椅上睡著了，我想如果魚頭知道了，鐵定會很羨慕，因爲我過了幾個小時流浪漢的生活。

魚頭常常說他想當流浪漢，這樣就不用在他媽媽的管轄範圍下生存了。

我旁邊有幾個大姐姐偷偷望著我在聊天，我這才想到其實睡在路邊，是一件不太好看的事。所以我連忙假裝坐正身子，一副我也在等車的模樣，事實上，我根本沒辦法上車，雖然剛剛睡了一覺，讓我肚子沒那麼餓，但是我還是好餓，好餓。

想到這裡，我忍不住又哭了起來。

「你怎麼還在這裡？」

我沒回答，因爲我以爲不是在跟我講話。

「小朋友，你一直都在這裡嗎？」

我抬頭，這才看清楚原來是剛才那位討人厭並阻擋我的警衛。

「嗯。」

「你怎麼還不回家？」他坐了下來：「已經七點了。」

難怪我肚子這麼餓，因爲吃飯時間早過了。

我沒答話，因爲我不想跟他多講些什麼，我只知道自己的辛苦白費了，我現在悽慘的不得了。

「你還是不想跟我說嗎？」

「我不知道。」我將頭轉到另一邊，默默哭泣。

我不想在不認識的人面前哭，何況是一個討人厭並阻擋我的警衛。

「你爲什麼哭呢？」

不過還是被他發現了。

「我沒有哭啊！」我一出聲就馬上破了梗，因爲我的鼻音眞的很重。

「你是因爲沒進去媽媽學校才難過嗎？」

他眞是不懂在裝懂，我現在根本不在乎我要不要進去媽媽學校，我只想回家，因爲我沒錢回家。

我們兩人僵持了好一陣子，他又說：「你幾年級？」

「三年級。」

「喔，你終於講話啦，」他故意誇大的說：「我以爲你不會講話。」

「嗯！」我翻翻白眼。

「我有一個小孩比你大，現在五年級了，」他突然逕自的拿出一根菸：「還有一個女兒，已經要考高中了。」

我搞不懂他跟我說那麼多幹麼。

「是喔。」

「不管你今天有什麼理由，」他突然又轉移了話題：「我都不能讓你進去，因爲這是我的工作，我的小孩還要我養。」

眞不知道他跟我說這些幹麼，那竟然如此，你爲什麼不放我進去，在那邊廢話什麼！

「你以後長大就懂了。」他猛吸一口煙：「你媽媽是做什麼工作的？」

「在DVD店。」

「你爸爸呢？」

我遲疑了一下，最後只好說：「我沒有爸爸。」

「什麼意思？」

「我從沒看過我爸爸。」

「那你媽媽很辛苦耶，」他對我說：「一個人把你撫養長大。」

「我不知道。」

「不不不！」他說：「你媽媽眞的很辛苦，」然後亂丟菸蒂，又拿了一根菸：

「我老婆是幫忙賣早餐的，我們也算『雙薪』家庭吧。」他說完還自己笑了起來：

「不過有兩個孩子的經濟壓力，老實說也讓我們吃不消。」

「那是因爲你小孩有兩個啊！我只有一個，那有什麼好辛苦的？」

他噗哧笑了出來，叼著菸看著我道：「也是有很多人家裡只有一個小孩，他們把

他當一個小王子一樣在捧。」

「可是你媽媽要一個人照顧你，眞的很不容易。」

「你幾歲了？」

「十歲。」

我還是不懂他的意思，而且我覺得大人講話好跳TONE喔！

他正要講些什麼時，突然一輛計程車在我們旁邊停了下來，引擎因爲緊急煞車而發出巨大的聲響，聽來就像是輪胎在柏油地板上用力刮了一道。

我看見媽媽走了下來，就在我還來不及反應的時候，她一個箭步衝向我，然後將我緊緊擁入懷中：「徐志偉！你到底是怎麼回事？」

我瞧見計程車裡陸陸續續有人下車，先是可欣姨，然後是阿媽，最後是阿公。

「你知不知道現在幾點了？」媽媽生氣的說：「你來這裡做什麼？」

「他說他要來媽媽的學校看看。」

媽媽聽見警衛的聲音，先是吃驚的看著他，然後更驚訝的看著我：「你來我學校做什麼？」

「我來找爸爸。」我忍不住又大哭起來。

「因爲魚頭說爸爸和媽媽是在高中認識的，爸爸不要我們了。」

說完我一直哭，一直哭，媽媽將我拉入懷裡，摟得更緊：「你這笨蛋，就算媽媽以前念這裡，也不能代表什麼。」

「原來是爲了這樣啊！」警衛自言自語著。

但沒人理他。

「我覺得是該跟志偉說實話的時候了。」可欣姨的目光掃過我們全場的人。

我這才想到她今天應該要出國了才對：「你爲什麼沒出國？」

「因爲你不見啦！」她說：「你媽媽擔心的要命，所以我就沒上飛機了。」

「對啊，」阿公說話了：「你要出去也要跟媽媽講一聲啊，也要準時回家啊！」

「因爲我沒有車錢，」我又大哭起來：「司機先生叫我下車。」

「是幾號公車那麼惡劣啊！」可欣姨喃喃自語道。

我大聲喊著公車的號碼，然後在媽媽懷裡又大哭了起來。

一個小時後，我們全都在麥當勞，我大口吃著薯條、炸雞還有可樂。

「如果不是我逼問魚頭，」可欣姨對我說：「他恐怕什麼也不講，那我也找不到你了。」

我吃下最後一口漢堡，肚子吃飽了，媽媽又在旁邊自然心情就變好了。

「我覺得應該要讓志偉知道一些事情了，」媽媽突然說：「他已經長大了。」

「我不覺得讓他知道會是個好辦法。」阿公嚴厲的看著她：「他還太小了，什麼也不懂。」

我喝著可樂，一方面偷偷注意著他們的談話。

「可是，」媽媽氣餒的說：「我怕我會真的失去他，」她的態度突然強硬起來：

「你們就是從小到大都不把我當大人看，不尊重我，我才犯下這個錯，不是嗎？」

阿公阿媽啞口無言的看著媽媽，媽媽繼續說：「今天我已經體會到失去志偉的痛苦和緊張了，我希望志偉這幾年來可以了解我的狀況，因爲我相信他很懂事，知道事情的眞相後會理解的。」

我很想大叫：要爆料了嗎？

可是我沒有，我在等媽媽對我說。

「志偉，」媽媽突然又將話題轉向我：「媽媽在很年輕的時候就生你了。」

「我知道，」我說：「因爲你比好多媽媽年輕。」

媽媽笑了起來，繼續說：「那個時候媽媽，」她指著我們隔壁桌兩個在看書的姐姐：「就和那兩個女生一樣大。」

「可是高中生不能結婚啊！」

「所以媽媽才沒結婚啊！」她深吸了口氣：「媽媽的男朋友也是你爸爸，也是一個高中生。」她反問我：「你覺得高中生可以當爸爸媽媽嗎？」

我想了很久，才說：「應該不行。」

因爲我知道高中生不能結婚，可是，我覺得媽媽其實一直都算是一個好媽媽，就某方面而言啦！我覺得她比魚頭媽媽好多了。

「高中生當然不可以結婚，」可欣姨說：「因爲他們連自己都顧不好自己了。」

「那個時候媽媽不好，」媽媽說：「不小心懷孕了。」她突然哭了起來：「那個時候，媽媽很害怕，因爲沒有人可以幫助媽媽，而我肚子裡的小孩就是你。」

「我知道你一直在找爸爸，」她說：「但是爸爸不會出現了，他如果有責任感，就不會發生這種事了，我現在只想讓你知道，就算沒有爸爸，媽媽也一直很努力要讓你過好生活，」我第一次看到媽媽哭，「因爲媽媽很年輕就當了母親，所了解的也不多，但媽媽眞的一直很努力。」

講到這裡，我看了好心疼喔！

因爲媽媽好可憐。

於是我給了她一個擁抱：「媽媽，對不起。」我又哭了起來：「對不起，我知道錯了。」

媽媽替我將眼淚擦乾，然後在我額頭上親吻一下：「我一直很努力，你知道嗎？」

我點點頭，突然想到，因爲我只有媽媽沒有爸爸，所以媽媽比別人努力兩倍，「是不是沒有我會比較好？」我怯怯的問。

「當然不會，」媽媽把我抱的更緊了：「我發誓你是我這一輩子最好的禮物。」

我突然了解到了某些事情，那就是我有沒有爸爸不重要，因爲我有一個很愛我的媽媽。

你知道的，不是每個人都有一個很愛自己的媽媽。

我也突然覺得，那篇作文沒有那麼難寫，因爲我還有媽媽，還有可欣姨，還有阿公、阿媽，這種感覺一時說不出來。

但我相信我長大之後會懂，畢竟我現在才十歲。

徐雅曼和蘇可欣坐在大禮堂的家長席上，就和從前一樣，她仍舊是全場最年輕的母親，從前的她，也許會有不知原因的壓力和抗拒，但是現在的她，卻比任何一個人還要驕傲開心。

徐志偉坐在前排，他偶爾會轉過頭望向母親和蘇可欣。

不過絕大多數的時候，他還是面向前面，偶爾和隔壁同學嬉笑。

一個年輕媽媽的故事，也許她知道自己做錯了什麼，但她也知道該怎麼彌補這個錯誤。

她望著兒子的背影，當全體畢業生起立禮成時，徐志偉和隔壁同學道別之後。

他轉過身望向他的母親，並且和她招手，徐雅曼看著自己兒子，內心有說不出的成就感。

徐志偉微笑的走向她，她相信自己的兒子非常優秀，也很清楚自己終於可以好好喘口氣休息了。

國家圖書館出版品預行編目資料

擁抱／梁永佳文；林俐圖．--初版．--台北市：
幼獅，2013.04
面；　公分.--（小說館；1）

ISBN 978-957-574-900-2（平裝）

859.6　　　　102003046

・小說館・001・

擁抱

作　　者＝梁永佳
封面繪圖＝林　俐
出 版 者＝幼獅文化事業股份有限公司
發 行 人＝李鍾桂
總 經 理＝王華金
總 編 輯＝劉淑華
主　　編＝林泊瑜
編　　輯＝周雅娣
美術編輯＝李祥銘
總 公 司＝10045台北市重慶南路1段66-1號3樓
電　　話＝(02)2311-2832
傳　　真＝(02)2311-5368
郵政劃撥＝00033368

門市
・松江展示中心：10422台北市松江路219號
電話：(02)2502-5858轉734　傳真：(02)2503-6601
・苗栗育達店：36143苗栗縣造橋鄉談文村學府路168號（育達商業科技大學內）
電話：(037)652-191　傳真：(037)652-251

印　刷＝崇寶彩藝印刷股份有限公司
定　價＝250元
港　幣＝83元
初　版＝2013.04
書　號＝987213

幼獅樂讀網
http://www.youth.com.tw
e-mail:customer@youth.com.tw

行政院新聞局核准登記證局版台業字第0143號

幼獅文化公司／讀者服務卡／

感謝您購買幼獅公司出版的好書！
為提升服務品質與出版更優質的圖書，敬請撥冗填寫後（免貼郵票）擲寄本公司，或傳真（傳真電話02-23115368），我們將參考您的意見、分享您的觀點，出版更多的好書。並不定期提供您相關書訊、活動、特惠專案等。謝謝！

基本資料

姓名：……………………先生／小姐

婚姻狀況：□已婚 □未婚　職業：□學生 □公教 □上班族 □家管 □其他

出生：民國……………年……………月……………日

電話：（公）……………（宅）……………（手機）……………

e-mail：……………

聯絡地址：……………

1.您所購買的書名：**擁抱**

2.您通常以何種方式購書?：□1.書店買書 □2.網路購書 □3.傳真訂購 □4.郵局劃撥
（可複選）　□5.幼獅門市 □6.團體訂購 □7.其他

3.您是否曾買過幼獅其他出版品：□是，□1.圖書 □2.幼獅文藝 □3.幼獅少年
□否

4.您從何處得知本書訊息：□1.師長介紹 □2.朋友介紹 □3.幼獅少年雜誌
（可複選）　□4.幼獅文藝雜誌 □5.報章雜誌書評介紹……………報
□6.DM傳單、海報 □7.書店 □8.廣播(　　　　)
□9.電子報、edm □10.其他……………

5.您喜歡本書的原因：□1.作者 □2.書名 □3.內容 □4.封面設計 □5.其他

6.您不喜歡本書的原因：□1.作者 □2.書名 □3.內容 □4.封面設計 □5.其他

7.您希望得知的出版訊息：□1.青少年讀物 □2.兒童讀物 □3.親子叢書
□4.教師充電系列 □5.其他

8.您覺得本書的價格：□1.偏高 □2.合理 □3.偏低

9.讀完本書後您覺得：□1.很有收穫 □2.有收穫 □3.收穫不多 □4.沒收穫

10.敬請推薦親友，共同加入我們的閱讀計畫，我們將適時寄送相關書訊，以豐富書香與心靈的空間：

(1)姓名……………e-mail……………電話……………

(2)姓名……………e-mail……………電話……………

(3)姓名……………e-mail……………電話……………

11.您對本書或本公司的建議：

廣　告　回　信
台北郵局登記證
台北廣字第942號

請直接投郵　免貼郵票

10045　台北市重慶南路一段66-1號3樓

幼獅文化事業股份有限公司

請沿虛線對折寄回

客服專線：02-23112832分機208　傳真：02-23115368

e-mail：customer@youth.com.tw

幼獅樂讀網http：//www.youth.com.tw